李清照诗词20讲

黄玉峰　王召强○主编

葛承程○编著

上海科学技术文献出版社
Shanghai Scientific and Technological Literature Press

图书在版编目（CIP）数据

李清照诗词 20 讲 / 葛承程编著．—上海：上海科学技术文献出版社，2021
（中学生整本读经典丛书）
ISBN 978-7-5439-8375-5

Ⅰ．①李…　Ⅱ．①葛…　Ⅲ．①宋诗—诗集②宋词—选集　Ⅳ．① I222

中国版本图书馆 CIP 数据核字（2021）第 135488 号

选题策划：张　树
责任编辑：苏密娅　张雪儿
封面设计：留白文化

李清照诗词 20 讲
LIQINGZHAO SHICI 20 JIANG
黄玉峰　王召强　主编　葛承程　编著
出版发行：上海科学技术文献出版社
地　　址：上海市长乐路 746 号
邮政编码：200040
经　　销：全国新华书店
印　　刷：常熟市人民印刷有限公司
开　　本：720mm×1000mm　1/16
印　　张：9.25
字　　数：145 000
版　　次：2021 年 8 月第 1 版　2021 年 8 月第 1 次印刷
书　　号：ISBN 978-7-5439-8375-5
定　　价：48.00 元
http://www.sstlp.com

目录

导言

横空出世李清照

——一个宋朝女词人的身份、题材、生活和意识

宋朝是女性与文学关系至为亲密的时代。女性参与文学由来已久，不论是作品中的女性形象还是女性作者，宋代以前都已出现，但数量甚少，因此女性与文学的关系还不是很紧密。宋代是一个文学极其繁荣的时代，诗、词、文、话本小说、戏曲剧本全面发展。以往，女性更多作为诗文的素材，是文学中“被观赏”“被书写”的客体，她们是被男性视角审视、取用的文学形象，作者重点描绘其声色形貌和对男人温柔缠绵的情意，是作者和读者眼中美丽而浅显的风景。而大批女性开始成为诗文创作主体，主动抒写自己的生活、心情与见识，则是宋朝女性文学一大亮点。

女性词：宋朝文坛的一朵奇葩

词体兴于隋唐，盛极于宋。词，可以说是宋代最时髦的流行歌曲，是智慧、能力、情调的象征，文人雅士、普通百姓对此都情有独钟，是一种雅俗共赏、蔚为大观的文化产品。宋代女子生活在一个崇尚知识的时代，知识女性普遍受到尊重，即使是女伎，只要才华出众，其门前也是车水马龙，宾客不绝于路。词相比其他

体裁对女性具有特殊的吸引力:对歌伎来说,词可以增加身价筹码,能填词、唱词可以提升声名,从而提升她们的生活水平;对家庭妇女来说,词是书写心情的工具,她们在词中融入了真挚的感情,而且宋代士大夫文人常以诗词酬唱与女性交往,所以写词更能博得丈夫的喜爱。词的内容和形式非常适合女性创作。词的内容主要是爱情,词委婉曲折的表达方式也非常符合女性心理,因此女性非常喜欢这种文学表达方式。正是因为词对女性具有上述难以抗拒的魅力,宋代涌现出了大批的女性词人。"有宋一代除文人墨客当然能词外,上至帝王将相公卿官僚,下至贩夫走卒,以及小家碧玉,坊曲妓女,名门闺秀,女尼女观,几乎无一不能作词,最低限度既无一不能唱词。"(王书奴)同时,宋代私学兴旺发达,"五步一塾,十步一庠""朝诵暮弦,洋洋盈耳",为宋代女性接受教育提供了便利①,也让更多女性能够驾驭词的创作。

宋代发达的商品经济、浓厚的艺术氛围、相对开放的社会风气,丰富了女性的知识结构,提高了女性的整体素质,也激发了宋代女性自我意识的觉醒,带来了女性文学的昌盛,丰富了词体的成熟和精彩。宋代拥有众多的女性词作者,但流传下来的作品并不多。《全宋词》收录宋代女词人 116 名,词作 240 首,这些还包括了小说话本中的女性词人、词作。以往的女性词多侧重艳情小景、容貌服饰的描写和对情郎的缱绻多情,大多浅显直白,少深意邃旨,直到李清照的出现。

李清照:一代词宗与女词巅峰

李清照横空出世般的登场是宋代女性词坛的骄傲。易安词从外在的描述转到内在情感的抒写,除了表现女性对美满爱情的企盼和爱而难聚的失落感伤之外,部分词作内容还拓展到关怀国家命运、人世盛衰的忧患意识上来。宋以后,文坛上涌现出大量女词人,但从其作品内容与表达方式上看,始终没有超越李清照对爱情、人生的精彩解读。她的词不仅是中国女性文学艺术的高峰,在整个文学史上也占有重要地位,虽然只有几十首词传世,后人却将其与李白、杜甫、苏轼、辛弃疾等一众名家并肩,并誉之为"一代词宗"。

---

① 马莉. 宋代女性文化特色研究. 跨世纪(学术版),2008 年 1 月第 16 卷第 1 期.

李清照因才情卓著，个人形象也非常突出，被誉为“千古第一才女”，她也成为赞美知识女性的审美标准。

易安词:词里的人生自传

文学是一种文化的档案。我们依靠文学去寻找他人的痛苦、欢笑、憎恶、爱意，去发现其他时空的人的生活，去探索男人和女人在其他历史阶段如何存在。从这个角度来看，李清照的词和诗全面而繁盛地反映了一个宋代女词人的身份、题材、生活和意识。

李清照留在读者印象中的，似乎永远是那个灵动的少女和幸福美满却偶带闲愁的少妇形象，她活泼、快乐、充满诗情、拥有美好的爱情与婚姻，似乎是一个得到上天眷顾的女子。其实，李清照 72 岁走完了她的人生长旅，她的漫长一生既有过甜蜜幸福，也有诸多辛酸苦痛。她经历过无忧无虑的少女时代，遇见一位正当好年纪的少年，他们门当户对、志趣相投、互相钦慕，结成百年之好，度过了缠绵悱恻、如胶似漆的新婚生活，走过新旧党争中两位父亲的仕途起伏、家庭风波，也走过家族困顿而夫妻情深的青州十年，她经历过丈夫的移情别恋和临阵脱逃，也经历过北宋的南迁之衰。在国难家仇之际丈夫去世，结束了 28 年的婚姻生活，李清照独自携带他们的金石收藏南渡，颠沛流离孤苦无依之中以为遇见真爱，再嫁却是一场骗局，毅然离婚惹得满城风雨，在世俗“晚节不保”的指责声中孤寂地走完了她的夕阳岁月。

回顾李清照漫长的一生，我们不难发现，命运并没有因为她的才华与情致而多眷顾她一分。李清照“高开低走”的一生，可以简单地分为前期和后期，以北宋的败北、李清照的南渡为界，也就是以丈夫的离世为界。她的前半生，出生在书香之家，父亲李格非是进士出身并长期担任主管教育工作的官职，母亲(一说继母)王氏是来自祖父是状元的书香门第，李清照从小得到了父母的关爱和良好的诗书教养，家庭给予的自由、耐心与关注让她长成了一个活泼、健康、富有诗情的少女；情窦初开时遇见了同样出身高贵的太学生赵明诚，虽然两位父亲政见不同却没有影响二人的结合；婚后他们伉俪情深，共同致力于诗画欣赏、金石收藏，在充满艺术与学术氛围的家庭生活中度过了最美满的一段新婚岁月；随后政治风波渐起，新旧党争中两位父亲先后遭到打击，被罢官的赵家退回青州老家，李清照却与赵明诚在这个偏居之地度过了安逸温馨的十年，甚至生出"甘老是乡"的感慨。然而命运的风暴才刚刚开始，也不会因为他们的善于满足而停止。丈夫出仕莱州又移情别恋；终于团聚又国难当头，丈夫面对叛军却临阵脱逃，都令李清照真正尝到了人生的忧患与艰难。丈夫去世，收藏的金石来不及转移，大量流散。这是她的前半生，喜忧参半，从喜入忧的趋势明显。

李清照的后半生则是一部《悲惨世界》。仓皇南渡之后，一个人颠沛流离、孤苦无依、穷困潦倒，又要保护好抢救出来所剩无多的金石收藏。在这个势单力薄的女人看来具有无限文化价值的金石，别人看上的却是它的巨大经济价值。一个叫张汝舟的男人成为李清照的第二任丈夫，当小人嘴脸暴露之后，一向敢爱敢恨、疾恶如仇的李清照毅然离婚。此举虽然令她摆脱了纠缠，却大大搅动了世俗世界里对她妇德与名节的指责。最后李清照在困顿、孤独、非议中走完了她的一生。

这个词坛上的伟大身影，生活中却只是一个弱女子。李清照是一个身披诗词星辉的女性，她一生的甘苦都投射在那为数不多的诗词中，每一首都透露出她的命运、生活、心情，这些诗词反过来又令她幸运与不幸的一生充满了文学的美感而摆脱了现实的枯燥。

易安词是以女性的身份写女性的生活，反映了李清照作为少女、闺妇与寡妇的不同阶段的女性意识，她既有顺服委屈的一面，又有昂扬的独立意识。李清照是一个虽居闺房，却一直身处宋代核心文化圈的才女，她的诗词虽写己情但也反射外部风云，这些家族、政治风波对她心灵的锻造，又反过来令她的诗词内涵丰富、格局阔大，使小女人与大丈夫情态汇合，让她遍身的诗词星辉在宏大的穹苍底幕的映衬下更加星光闪耀。

上篇　易安词：一个女人的眉间颦头和心底微澜

众所周知，李清照以词闻名。遍翻文学史，在诸代才女中没有一位的创作能匹敌李清照词作的质与量，也没有一位能比肩她在文学史上的地位与高度；在历代文人和民众心目中，李清照作为“千古第一才女”的形象深入人心。人们不仅钦佩她在词作上的才华，随着思想文化的开明和进步，人们更加欣赏其敢为人先的觉醒意识和对女性人生境界的开拓贡献，就连她的生活方式也备受推崇，如“赌书泼茶”“踏雪寻诗”。易安词和围绕着其词作的故事、趣闻也吸引着人们。后世小说创作中的才女形象多有对李清照的致敬，现代的影视作品也开始挖掘其形象。

李清照不仅留下了一些脍炙人口的词作，更是以独立的人生姿态和卓然的艺术风格自成一派——易安体。在词作为一种独立体裁的探索和肯定的道路上，她的《词论》以“词别是一家”的论点，在由诗词不分到词体独立的过程中起到了有力的作用。当时人赵彦卫这样评价：“（李清照）有才思，文章落纸，人争传之。小词多脍炙人口，已版行于世。”（〔南宋〕赵彦卫《云麓漫抄》）

李清照的词在创作和理论上均以婉约为宗，同时并不排斥豪放词的价值和审美。无忧无虑、清新自然的少女生活，甜蜜美满的爱情和婚姻，国破家亡、孤独零落的晚年，分离的相思、幽深的情感暗礁共同构成了易安词的全貌，李清照的词不啻是一个宋朝才女的人生自传和心灵真相。

第一讲　青春之歌

——活泼的少女，永恒的傍晚和清晨

引言

活泼、灵动、聪慧是少女李清照留给读者的印象，这是文学史上难得的天才少女形象。在易安传世的几十首词中有两首小令像日记一样亲切、自然地传达了李清照对美好生命、对自然人生的关心和亲爱。

这两首《如梦令》像李清照少女时期的自画像。“如梦令”是词牌，一般情况下与词作内容、情感无关，但也很巧合地契合了主旨：李清照的少女时代，充满了赏心乐事，美好得像梦境一般。

如梦令·常记溪亭日暮

常记溪亭日暮，沉醉不知归路。兴尽晚回舟，误入藕花深处。争渡，争渡，惊起一滩鸥鹭。

注释

藕花：荷花。

争：怎么。

翻译

我常常回忆起那一天傍晚时分在溪水边亭阁上看到的景色啊，沉溺于美景之中不知不觉便喝醉了酒，迷迷糊糊忘记了回去的路。兴尽而归回去晚了，乘着小船误入一片荷花深处。怎么办呢？怎么办呢？却突然惊飞了河滩上的一群鸥鸟和白鹭。

诵读点拨

日常小事配简约小令:留白与直白

“常记溪亭日暮”,作者说自己常常记起那天的夕阳之景,词中没有具体描绘夕阳之下的风景如何之美,但是我们可以从下句“沉醉不知归路”来推测那风景一定是十分美丽的,以至于令作者沉醉其中不知不觉便喝醉了酒。这种留白式的写法,使语言更加精炼,能够引发读者的想象,让我们“脑补”那天傍晚时分的美景。

开头留白的美景,顺着词作再往下读,我们又有了更多画面素材:溪水、荷花、鸥鸟与白鹭。加上我们还知道的季节、时间:夏季、日暮。于是,我们可以想象出:一个夏季的日暮时分,一群衣袂翩翩的少女在溪边亭阁上观赏着远方的落日,水面上的接天莲叶和映日荷花,几只鸥鸟与白鹭在沙滩上悠闲地觅食、散步。夕阳温柔无限,溪水波光粼粼,荷叶碧绿如洗,鸥鹭白羽纯洁,这是一幅多么美丽、悠闲、岁月静好的画面啊!

“兴尽晚回舟,误入藕花深处。”兴致来了就要尽兴才归,毫不压抑的生活乐趣反映了少女时期李清照的爽朗性格。乘着小船返程,也许是天色已晚看不清楚,也许是酒醉迷迷糊糊,竟然误入荷花丛中去,而且误入很深,可见酒醉厉害。

“争渡,争渡,惊起一滩鸥鹭。”几只小船争着划出荷塘,正在忙乱中,突然一群已经歇下的鸥鸟被惊飞,这一下子也惊喜了正在争渡的少女们,她们哈哈大笑,又是一件乐事。

令李清照“沉醉”的不仅有美景,还有乐事,静态的风景与动态的同伴宴饮、笑语喧声共同组成了这一个难忘的傍晚。这首小令只有33字,其中有完整的事件,还有意外的冲突(误入)和惊喜(惊飞),既直白又有留白,意趣自然。这个傍晚早已湮灭在历史的洪流中,但这首词让这个平凡的傍晚成为一个文学的傍晚、永恒的傍晚、令人想来嫣然一笑的傍晚。

如梦令·昨夜雨疏风骤

昨夜雨疏风骤，浓睡不消残酒。试问卷帘人，却道“海棠依旧”。知否？知否？应是绿肥红瘦。

翻译

昨天晚上狂风大作，雨疏疏落落地下着，我黑甜一觉也没有消除残存的酒力。早上醒来，问正在卷帘的侍女庭中的海棠怎么样了，侍女却回答说：“海棠花依旧开着。”你知道吗？你知道吗？经过了昨夜的风吹雨打，海棠花应该是绿叶饱满，红花凋零啦！

诵读点拨

词中情趣：海棠花事，问者有心，答者无意

这首小令的主要内容是李清照主仆二人的问答。李清照的问句内容没有写出，我们可以从侍女的答句“海棠依旧”来推出，她一定是问海棠花怎样了。又可以从她对侍女“海棠依旧”这个回答的不满意态度，“知否？知否？应是绿肥红瘦”，看出她在发问前，心里对海棠花的状况已经有了一个判断。

昨夜，今晨。雨疏风骤，浓睡残酒。昨夜狂风大作，雨滴疏疏落落，伴着风声雨声竟能浓睡一觉，因为喝了酒，应该还喝了不少酒，醉得厉害，以至于早晨醒来酒还未消。昨夜她为什么喝酒呢？不得而知，我们也不必非要强知。

小姐、侍女身份不同，情趣不同。清晨醒来之后，李清照第一个关心的是花事，尚未起床便斜倚在床上问正在卷帘的侍女。侍女立在窗边，也许随口应承，也许瞥了一眼窗外的海棠便答道：“海棠花依旧开着。”李清照对这个漫不经心的答案很不满意，什么叫依旧开着？如果侍女所答指的是花期没结束，那么她答的是所有海棠花，而李清照问的是自己院子里的这一株。如果侍女指的是这株花应该还开着，这株花没有完全凋谢，李清照也对这个不甚留心的答案不满，海棠

花经过了一夜风雨怎么可能依旧？一个“试问”，表明李清照挂心着院中的海棠，怯生生地发问，也许害怕听到海棠已被摧残狼藉的回答。她细腻的心思与情感得到的是侍女的“却道”，这在李清照看来简直是对她心爱的海棠花“漠不关心”呀！一个心事重重，一个漫不经心，一个问者有心，一个答者无意，对于花事的态度反映了两人不同的身份与迥异的心境与情趣。她对侍女的态度带着少女的嗔怒，是天真的可爱，而不是对仆人的颐指气使。

“绿肥红瘦”是本词惊艳之辞。“绿”与“红”分别用颜色来指代海棠的叶子与花朵。“肥”与“瘦”常常是用来形容动物的，这里用在海棠身上，形象地写出了经过雨水冲刷后的绿叶鲜嫩饱满、润滑滋润的样子和花朵凋残、枯槁的状态。红绿的色彩与肥瘦的对比都十分鲜明，海棠花绝不会和先前一样，然而李清照并没有查看，她一定是从长期的赏花观察中得到的经验。这首词对海棠花的爱怜，表现了李清照的爱物惜花之情，这也是少女时期李清照的可爱性情的写照。

写作背景

词女养成：宽松自由、重视教育的家庭氛围

我们从以上两首《如梦令》中已经能够感觉到李清照的物质生活优越，而且诗书之学颇丰，在少女的青春之岁已经充满高雅的情趣，并能用自己的生花妙笔将生活小事汇至笔端，流淌出情致盎然的小词。古代女子不能直接进入学堂，学习和修养常常要靠父母的培养和家庭氛围的濡染。那么李清照有着怎样的父母，得到了怎样的家庭教育呢？

李清照的父亲李格非是一个饱读诗书、精通儒家经典的才学之士，进士出身，属于知识分子阶层，在社会上很受尊重。从当时世俗眼光来看，李清照出生于书香门第。李格非考中进士之后，曾经做过山东郓州教授、太学录、太学正，还做过太学博士，大致可以理解为今天清华、北大的教授。我们可以看出，李格非的任职经历都是和教育有关的，可以说是一直在从事教育工作。李格非后来又因为他的诗文创作和学术成就得到了苏轼的赏识，成为“苏门后四学士”之一。父亲李格非有丰富的教育经历、科举考试经历、长期教育工作经历，以及“苏门后

四学士”的名声，这样的经历和书香家门对于李清照的成长应该有很大的影响：李格非本人是一个凭借科举考试自我奋斗而取得成功的人，因此，他非常重视教育在个人修养中的作用。

李清照的母亲（一说继母）王氏出身名门，她的祖父王拱辰是宋仁宗时的科举状元。李清照的母亲是一个在诗书世家长大的女孩子，与李格非门当户对，志趣相投，组建了一个琴瑟和谐的家庭。李清照从小就沐浴在这样幸福与书香环绕的家庭氛围中。

本讲小结

李清照的这两首小令，分别讲述了傍晚和清晨的生活小事，透露出她少女时期所接受的不是一般“女子无才便是德”的主流教育，而是非常重视文化的教育。她的日常生活不是伴着婢女做女红，而是读书、赏花、闲思、宴游，可以看出李清照的家庭为她创造了一个远比一般家庭更加宽松、自由的文化氛围。良好的家庭教育对李清照的文化水平和个性发展都起到了重要作用。于是，我们在词中看见一个心灵活泼、才思灵秀的女孩儿。

诗文链接

读史解词：了解李清照的父母，就是了解了一代才女的人生起点。

宋史·李格非传

李格非，字文叔，济南人。其幼时，俊警异甚。有司方以诗赋取士，格非独用意经学，著《礼记说》至数十万言，遂登进士第。调冀州司户参军，试学官，为郓州教授，郡守以其贫，欲使兼他官，谢不可。入补太学录，再转博士，以文章受知于苏轼。常著《洛阳名园记》，谓“洛阳之盛衰，天下治乱之候也”。其后洛阳陷于金，人以为知言。

绍圣立局编元祐章奏，以为检讨，不就，戾执政意，通判广信军。有道士说人祸福或中，出必乘车，氓俗信惑，格非遇之途，叱左右取车中道士来，穷治其奸，杖而出诸境。召为校书郎，迁著作佐郎、礼部员外郎，提点京东刑狱，以党籍罢，卒，年六十一。

格非苦心工于词章，陵轹直前，无难易可否，笔力不少滞。尝言："文不可以苟作，诚不著焉，则不能工。且晋人能文者多矣，至刘伯伦《酒德颂》、陶渊明《归去来辞》，字字如肺肝出，遂高步晋人之上，其诚著也。"

妻王氏，拱辰孙女，亦善文。女清照，诗文尤有称于时，嫁赵挺之之子明诚，自号易安居士。

翻译

李格非字文叔，济南人。他幼时非常清秀聪明机灵。当时官府正以诗赋取士，李格非却独自一人用心于经学，写有《礼记说》数十万字，于是登上了进士第。他被委任为冀州司户参军，又参加了学官考试，担任了郓州教授，郡守因为他很贫困，就想让他兼其他官，李格非婉言谢绝，认为不能这么做。后入朝补太学录，两次转任后任博士，由于文章写得很好受到了苏轼的赏识。他曾写有《洛阳名园记》，说："洛阳的盛衰是国家治乱的征候。"后来洛阳被金人占领，人家都以为他说得非常灵验。

宋哲宗绍圣时期(1094—1098)设立馆局，编排整理宋哲宗元祐时期(1086—1094)诸臣的奏章，任命李格非为检讨，李格非不就任，违反了宰相的意愿，被迫离开朝廷，做广信军通判。有一个道士说人的祸福有时能够说中，他出行一定要乘车，民间风俗喜欢迷信，许多人被他迷惑住。李格非和这个道士在路上恰巧遇上，他就命令左右差役把这个道士从车上抓下来，彻底追究他奸诈欺骗老百姓的罪行，对他施以杖刑，然后把他驱逐出境。后来李格非被召回朝廷任校书郎，又迁官著作佐郎、礼部员外郎，提点京东刑狱，此后，以元祐党籍而罢官。六十一岁去世。

李格非苦心孤诣精通词章，勇往直前，不管难易可否，他的笔力从不稍停。他曾经说："文章不可以随便写，不具备诚心，就不可能把文章写得很好。我考察晋朝人会写文章的人很多，到刘伯伦写的《酒德颂》、陶渊明写的《归去来辞》，字字像从肺腑中流出来的，遂高出众晋人，原因是他们具备诚心。"

李格非的妻子王氏是王拱辰的孙女，也善于写文章。他的女儿李清照，诗和文章更有名于当时，嫁给赵挺之的儿子赵明诚为妻，自号易安居士。

玩味易安词

1. 词语对碰

“昨夜雨疏风骤，浓睡不消残酒”，其中“雨疏”对(　　　　　　)，“浓睡”对(　　　　　　)。“应是绿肥红瘦”，其中“绿肥”对(　　　　　　)。

2. 我问你答

(1) 你见过海棠花吗？它是怎样的？

(2) 下了一夜的雨，海棠花会遭受怎样的打击？

(3) 你认为李清照爱院中那株海棠吗？请给出理由。

3. 填词游戏

________________，沉醉不知归路。兴尽晚回舟，________________。争渡，争渡，________________。

昨夜雨疏风骤，______________。试问卷帘人，却道“______________”。知否？知否？________________。

4. 历史常识

李格非是李清照的______________。李格非是苏门______________。

5. 创意写作

李清照日记：假如你是李清照，请你挑一首《如梦令》，把它写成日记。注意日记的格式哦！（首行写日期、星期、天气。）

6. 我与易安

了解了“李清照的家庭教育”，说说你自己的家庭教育吧。

第二讲　少女之羞

——情窦初开的“落跑少女”

引言

上一讲我们从两首小令窥见了李清照活泼又充满情趣的少女日常生活。少女最是多情而含羞，李清照的另外一首小令《点绛唇》让我们看到一个青春懵懂与矜持暗恋的她。天才少女也是含羞少女。词牌原为规定字数、句数、曲调的形式规范，一般与词作内容并不关涉。有趣的是，像前两首《如梦令》一样，这首《点绛唇》的词牌名也与内容形成有趣的辉映。“点绛唇”字面意思是“涂口红”，“点”是小心翼翼、认认真真描画点染口红的动作，颇有豆蔻少女春情萌动、对镜梳妆的画面感。美丽的词作与美丽的词牌名，不知是李清照的匠心独运还是偶然的浑然天成。

点绛唇·蹴罢秋千

蹴罢秋千，起来慵整纤纤手。露浓花瘦，薄汗轻衣透。

见客入来，袜刬金钗溜。和羞走，倚门回首，却把青梅嗅。

注释

蹴(cù)：踢、踏。此指荡秋千。

袜刬(chǎn)：只穿着袜子走路。

翻译

少女荡完了秋千，起身慵懒地揉揉纤纤玉手。露水深重，花朵清瘦，身上出了一层薄汗濡透了轻薄的衣衫。

忽然看见有客人来临，她慌忙只穿着袜子就走，头上的金钗发饰也滑了下来。羞赧地跑走，到门边又好奇地倚着门回头看，看见青梅又闻了一闻。

写法破译

点　染

这首《点绛唇》运用了"点染"法勾勒了一个娇羞少女的情状。点染是中国绘画中运用笔墨的两种基本技法，"点"属笔法，一般突出画面主体的特点；"染"属墨法，一般为渲染色彩，烘托环境。词作手法常汲取画法，词画合一在宋代达到高峰。这首小词也使用了点染法。词中人物是一位少女，词中的"和羞走"点出了她的特点，闲荡秋千、慵整纤手、薄汗湿衣、袜刬溜钗、倚门回首、却嗅青梅这些环境和行为渲染、烘托、放大了她的特点——天真、可爱、娇羞。这首小词像一幅生动的人物画。

诵读点拨

故事是从"蹴罢秋千"说起的，但是从这一句我们可以联想到少女荡秋千的情态——罗衣翩翩，轻捷地在空中荡来荡去，悠闲自在，细嫩的双手扶着秋千绳索来回摩动。荡罢秋千，少女慵懒地揉搓玉手。词作没有描写少女面容，只写了一双纤纤玉手令人遐想。浓重的露水挂在瘦弱的花朵上，少女渗出的香汗濡透了轻薄的衣衫。这里既写出花朵的娇弱之姿，又透露出少女的活泼。以花喻人，出了轻汗的少女像挂着浓露的花朵一样娇美。

突然看到一个陌生人来访，女孩儿慌忙躲避，来不及穿鞋，只穿着袜子疾走，头发松散来不及梳拢，金钗发饰也随着跑动滑落，一副落跑少女的模样。词中没有直接写来客是何人，但我们可以推测应是男子。按照宋时礼法男女授受不亲，女孩不能轻易见男子，特别是陌生男子。这一场慌跑，也是少女矜持的表现。但女孩儿跑到门边又停下来"倚门回首"，我们又可以猜测，这一定是一个能引起她兴趣的男子，应该是一名年轻、颇具风采的男子。这一回头体现了活泼少女情窦初开、大胆爱恋的心理。"却把青梅嗅"，回首得有理由呀，看见青梅挂满枝头，佯装去闻梅子的清香。把少女想看又不敢看，蠢蠢欲动又羞涩矜持的情态摹写得细腻可爱。

本讲小结

这首词让我们记住了一个天真纯洁、情窦初开又矜持羞赧的花季少女，她的可爱像春天幽香的青梅，娇嫩又充满生机。至于这首小词中的女主角是不是作者本人，倒不必较真，即使不是作者本人，也是同样经历过的情窦初开的作者的心理体验和情感投射。

玩味易安词

1. 创意写作

请据本词，从来访男客的角度写一个小故事。注意摹写男子见此女子后的心理活动。

2. 词中有画

请为词作配图。

第三讲　春景春情

——李清照如何度过那些淡荡春光

引言

少女李清照的日常生活并不总是欢笑宴乐、群友相伴，她也有一些闷躁的时候，哪怕是在一年中最美的时节春天。本讲通过两首描写春景春情的小词《浣溪沙·春景》和《浣溪沙·淡荡春光寒食天》，看李清照是如何度过那些淡荡春光的。

浣溪沙·春景

小院闲窗春色深，重帘未卷影沈沈。倚楼无语理瑶琴。

远岫出云催薄暮，细风吹雨弄轻阴。梨花欲谢恐难禁。

注释

沈沈：深沉状。沈同“沉”。

岫（xiù）：山峰。

轻阴：暗淡的轻云。

翻译

透过窗户望向小小的院落，春光已经渐渐逝去了，层层厚重的门帘因为没有卷起来，房间内显得暗影沉沉。我倚着小楼栏杆，默默无语地拨弄着瑶琴。

眺望远处的山峦，缭绕的云雾催动着傍晚的来临，微风伴着细雨轻柔地吹动着暗淡的轻云。梨花即将凋谢的暮春之景真是令人难以承受啊。

写法破译

上阕的形容词

院子是“小”的，窗子是“闲”的，春色是“深”的，帘幕是“重”的，而且是“未卷”的，屋内的暗影是“沈沈”的。上阕通过一组室内室外的景物勾勒出一派春光凋敝、暗淡沉默的景象。院子只有小，才适合承载少女闺阁的幽窄情绪，因为古代的女子通常没有家国大事的忧虑，只有闲花落草、人情小事的情愫。闲窗，表明女子行动的不活跃，她已经许久不临窗远眺了，也许是景物依旧早已看倦，也许是近来情绪低落无意观赏。总之，这种没有惊喜的生活内容，令她感到寂寞、厌倦又无奈。这种情绪下，她只有倚着小楼默默无语地拨弄着瑶琴，来抒发自己无以名状的愁思。上阕 21 字包含了 8 个形容词，其中 7 个形容景和物，“小院”“闲窗”“春色深”“重帘未卷”“影沈沈”“瑶琴”；1 个形容人物，“无语”，人无语却有情，景无声却胜有声，所有情思又化作一曲琴声飘飘荡荡。景物的暗淡与人物的意兴阑珊相交融，将室外的小院暮春与室内的幽暗低落都笼罩在一片郁郁闷闷的氛围中。

下阕的动词

上阕景物集中在院落屋宇的近景，下阕第一句就把视野拓开到远处的山峦和高处的暮霭。高远处的山与云催动着傍晚的来临，微风伴着细雨吹动了轻薄的云雾。“催”与“弄”两个动词对于“薄暮”与“轻阴”来说，都是被动承受的。下一句“梨花欲谢恐难禁”，晚春的梨花也是受着时间的推移而走向了必然的凋零。春天本是充满生机的季节，但是暮春之景更加令人感到青春的易逝、美好的难留。这一切都在心理上摧折着“无语理瑶琴”的少女，令她感到“难禁”。下阕的动词，以一种被动之感，将上阕的“闷”推动到一种无力改变、只能承受又承受不起的情感状态，使人物的情感状态更加明确，也更加凄清。

诵读点拨

本词不外乎是一首描写少女独处寂寞的闺阁闲愁之作，但胜在情与景的自然交融。既有伤春之感，又有寂寞之语。是默默无语，也是含情脉脉之语。

历来以闺阁女子入词的作品并不鲜见，但我们可以想象，如果李清照这首词中的女子像她其他许多词作一样，是自身的写照，那么李清照本人的闺阁寂寞该作何解呢？她的寂寞里会比一般女子多出什么内容呢？

一个充满诗情词意的天才少女，她的心智、理想应该是远远大于闺阁女红要求的，但是尽管聪慧如她，当时的世界并没有为天才的少女准备一个发挥她的聪明才智的场所，这种寂寞之感，是对生命意义和质感匮乏的寂寞。这种寂寞是无法被低级趣味的活动所填充的，甚至无法被高雅的事物排遣出去的，有一搭没一搭地拨弄着瑶琴也丝毫不能缓解这种寂寞。或许我们也可以由本词推想，作者已经由天真无邪走向多愁善感，是一个朦胧中已经有了“自我”意识的少女了。

也许这是一首身处闺阁而心怀远方的词作。

浣溪沙·淡荡春光寒食天

淡荡春光寒食天，玉炉沉水袅残烟。梦回山枕隐花钿。

海燕未来人斗草，江梅已过柳生绵。黄昏疏雨湿秋千。

注释

淡荡：和暖舒适的样子。

寒食：节令名，在清明节前两天。

炉：香炉。

沉水：一种香料，即沉香、沉水香。

山枕：两端隆起、中间凹下的山形的枕头。

花钿：女子脸上的花饰。

翻译

寒食时节，春光和暖舒适。屋内的香炉中沉香快要燃尽了，烟袅袅升起。枕在山形的枕头上午睡，花钿掉落在床上。

燕子还没有飞回，少女们玩起了斗草的游戏，梅花已经过季，柳树飘落柳絮。黄昏时分下起疏疏落落的雨，打湿了秋千。

写法破译

白描

白描是中国绘画中的一种技法，以淡墨勾勒景物或人物轮廓，而不设色渲染烘托。这种表现手法体现在文学创作中就是用简练的语言描绘出对象的特点，而不用修辞等表达方法。鲁迅曾说："白描却没有秘诀。如果要说有，也不过是和障眼法反一调：有真意，去粉饰，少做作，勿卖弄而已。"（《作文秘诀》）本词中的景物描写就使用了白描手法。

上阕第一句平实简练地用寒食节前后舒缓荡漾的天色交代了时节。接着描写室内的陈设，香炉中飘出袅袅娜娜的残烟，山形的枕头上睡着的人儿正好梦酣甜，头上的花钿首饰落了下来隐没在枕后。下阕又将视线从闺阁移出。虽然已到春天但是随季节迁徙的燕子还没有飞回来筑巢，院中的同伴们开始了斗草游戏。梅花已经掉落，柳树也开始飘落绵绵的柳絮，黄昏时分下着稀疏的雨，打湿了秋千。这是一幅平静、安然、甜美的景象。

诵读点拨

李清照笔下春光清丽，人物安详闲适。历来诗词作品中寒食节气都自带哀伤，本词却不见颓丧，本词中寒食只是个时间标志，并不暗含情感格调。天气疏朗，景物可亲，生活富足而充满格调，斗草荡秋千的日常生活安宁闲适。醒来可赏景玩物，睡去有玉炉名香。

春天的美好融入人物的生活之美，天人合一，物我两谐。春景是人物活动的自然背景，人物的美好生活又增添了春景的内涵。由上阕人物酣睡的静谧转到下阕斗草的欢娱动态，转而又回归"黄昏疏雨湿秋千"的自然安宁。由疏朗晴天到疏落小雨，由居室酣睡到赏景斗草，整首词充满了宁静、悠闲、清新之感。

传统文化知识

斗 草

斗草又称斗百草，是中国民间流行的一种游戏，属于端午民俗。最早见于文献是在魏晋南北朝时期，唐朝后逐渐成为专属于妇女儿童的游戏，宋代扩展至平日随时可斗。有武斗与文斗之分，武斗是把草茎相交结，两人各持己端向后拉扯，以断者为负，以此来比试草茎的韧性；文斗则是对花草名，女孩们采来百草，以对仗的形式互报草名，谁采的花草种类多、对仗的水平高、坚持到最后谁便赢。因此玩这种游戏既需要植物知识，又需要文学修养，在历来文学作品中很常见。

文斗的具体玩法，参见《红楼梦》第62回：

> 外面小螺和香菱、芳官、蕊官、藕官、豆官等四五个人，都满园中顽了一回，大家采了些花草来兜着，坐在花草堆中斗草。这一个说："我有观音柳。"那一个说："我有罗汉松。"那一个又说："我有君子竹。"这一个又说："我有美人蕉。"这个又说："我有星星翠。"那个又说："我有月月红。"这个又说："我有《牡丹亭》上的牡丹花。"那个又说："我有《琵琶记》里的枇杷果。"豆官便说："我有姐妹花。"众人没了，香菱便说："我有夫妻蕙。"豆官说："从没听见有个夫妻蕙。"香菱道："一箭一花为兰，一箭数花为蕙。凡蕙有两枝，上下结花者为兄弟蕙，有并头结花者为夫妻蕙。我这枝并头的，怎么不是。"豆官没的说了，便起身笑道："依你说，若是这两枝一大一小，就是老子儿子蕙了。若两枝背面开的，就是仇人蕙了。你汉子去了大半年，你想夫妻了？便扯上蕙也有夫妻，好不害羞！"香菱听了，红了脸，忙要起身拧他，笑骂道："我把你这个烂了嘴的小蹄子！满嘴里汗的胡说了。等我起来打不死你这小蹄子！"豆官见他要勾来，怎容他起来，便忙连身将他压倒。回头笑着央告蕊官等："你们来，帮着我拧他这诌嘴。"两个人滚在草地下。众人拍手笑说："了不得了，那是一洼子水，可惜污了他的新裙子了。"

本讲小结

本讲的两首小词，让我们窥见一千多年前的李清照是如何度过春天的。《浣溪沙·春景》是默默无语的寂寞时光，《浣溪沙·淡荡春光寒食天》里则风光清和，生活安闲恬静。无论是体会无人相伴的寂寞无聊，还是安享闲适生活的滋味，李清照都把这春日里的春情化作了一首首清丽的小词，让千年之后的我们处之相似光景时可聊以解慰。

玩味易安词

1. 比较阅读

描写春天的诗歌在中国古典诗词中不胜枚举，现仅择一首名篇《绝句》，请你分析鉴赏本诗在体裁、内容、写作特色等方面的特点，并与李清照两首写春景的《浣溪沙》对读。

绝　句

〔南宋〕志南

古木阴中系短篷，杖藜扶我过桥东。
沾衣欲湿杏花雨，吹面不寒杨柳风。

注释

志南：南宋诗僧，志南是他的法号，生平不详。

短篷：带篷的小船。

杖藜(lí)：用藜做的拐杖。藜，植物名。

杏花雨：杏花盛开时节的雨。

杨柳风：古人把应花期来的风，称为花信风，从小寒到谷雨共二十四候，每候应一种花信，统称“二十四花信风”。其中清明节尾期的花信是柳花，这时的风就叫柳花风或杨柳风。

	《浣溪沙·春景》	《浣溪沙·淡荡春光寒食天》	《绝句》
体　　裁			
内　　容			
写作特色			
作者经历与思想情感			

2. 创意写作

美好的春天令人愉快、向往。你能写一段描写春天的语段吗？如果能引用一两句诗词，一定会使你的文章更文采斐然！

第四讲　美人香草

——独立自信的人生意识

引言

古代男作者常模拟女人口吻来写词。男子的词本是歌辞之词，是歌宴酒席上为了寻欢作乐、写就了让歌女唱的歌词。男作者心中的理想是“修齐治平”，这种理想与情怀他们通过写诗写文来表现，词是专门用来写“私情”的。古时候，女人的生活被限定于庭院私宅之中，大多是没有这般家国理想的，女人的理想是得到男人的怜爱。表现美女与爱情的词常常被称为“艳情小调”。写词的女人本就不多，在《全宋词》中收录的女性词作者仅魏夫人、朱淑真、李清照等几人。除却“艳情小调”，女性作者能够在词中展现自己作为一个独立的人有什么样的人生追求，就更加难得。下面，我们一起看看李清照在抒发日常情感的词作外，还有哪些词作体现了李易安独立自信的人生意识。

鹧鸪天·桂花

暗淡轻黄体性柔，情疏迹远只香留。何须浅碧轻红色，自是花中第一流。

梅定妒，菊应羞，画阑开处冠中秋。骚人可煞无情思，何事当年不见收。

注释

骚人：指屈原，因创作《离骚》，故称。

翻译

桂花的颜色是淡淡的黄，并不鲜艳，但体态轻盈柔美。只盛开在幽静之处，不惹人注意，只留给人芬芳的香味。不需要具有深红浅绿那样夺目的颜色，浅淡的桂花也自然是花中最好的。

和桂花相比，梅花一定嫉妒，菊花应该羞惭。桂花开在华丽护栏的花园中，是中秋时的百花之首。可惜屈原对桂花不太了解，太没有情意了。不然，他在《离骚》中赞美那么多花，为什么没有提到桂花呢？

写法破译

拟人、衬托

“梅定妒，菊应羞。”为了表现桂花一流的品貌，作者说梅花忘记了自己的高洁而学会了嫉妒，菊花忘记了自己的淡泊而感到羞愧。一方面作者赋予了梅花、菊花以人的行为和心理，另一方面又通过向来以淡泊宁静和高贵雅洁为象征意义的梅花和菊花与桂花作比较，认为就连它们也比不上桂花，以梅、菊的不够优秀衬托了桂花的绝对优秀。

诵读点拨

这是一首咏物词，所咏之物是桂花。咏物不同于景物、环境描写，它是通过对一个物体的形象、特征的描写，并常常以拟人的手法赋予物体以人格特点，来表达思想感情。因此这个物体常常具有象征意义，代表某种高贵的精神品质。

词作首先写的是桂花的形象——“暗淡轻黄体性柔，情疏迹远只香留。”只14个字，生动形象地描绘出了桂花的样貌与风韵。“暗淡轻黄体性柔”写出桂花的颜色与体态，表现它不以鲜艳色彩来夺人眼球，只有素淡的颜色和轻柔的体态。“情疏迹远只香留”，写桂花不簇拥在繁花争艳处，而是独立山林僻远处，只把馥郁的香气留给人间。李清照笔下的桂花，像一位娴静的淑女，淡然地站在灯火阑珊处，冷静、自持、不争。这种人格化的描写不仅生动地写出了桂花颜色清淡、花枝线条柔和、桂花树独立于林的特点，而且将这种原本属物的特点与人类的品格联系起来，表现出一种高贵的人格魅力和独特的神采风韵。因此，我们在桂花的形象中不仅读出了物像，也读出了人像。

其次再比较别的花来进一步赞美桂花——“梅定妒，菊应羞。”李清照在这里写的花，不是鲜艳烂漫的牡丹等与人间富贵、世俗庸情相关联的花，而是历来被文人墨客捧为高洁品格与情操的代表——梅和菊。梅在陆游的《卜算子·咏梅》中已经是“一任群芳妒”了，结果在李清照的“嫉妒链”中还不是顶级的；菊在陶渊明的“采菊东篱下，悠然见南山”中已然成为隐士淡泊宁静的象征了，李清照却说它也会黯然失色。虽然梅、菊已经不错，但不够，这些都还不够好，最好的是桂花！它们在桂花的面前都应该嫉妒、羞愧。梅、菊与桂花形成的这种关系不叫对比，而叫衬托，因为对比是相反的事物，而这里，梅、菊、桂都好，只是程度不同，敢于与其他很好的东西比较才更显出桂花的一流。“画阑开处冠中秋”，可见，在李清照的心目中桂花的美是顶级的，桂花所象征的那种品格是绝对的一流。

到这里，李清照对桂花的赞美已经到达了一个顶峰。最后两句“骚人可煞无情思，何事当年不见收”，为桂花鸣不平，这么好的桂花却没有被收录进为花草唱赞歌的《离骚》中去真是令人遗憾；也为屈原可惜：“你写了那么多香草，为什么偏偏漏掉芬芳馥郁的桂花呢?”李清照提起屈原和《离骚》使她的抒情更深入了一层。屈原是一个被贬谪的失意之士，满腹才华而不被重用，他《离骚》中的香草也是一种象征，象征着贤人以及贤人那高洁的人格。李清照的这一怨怼，使桂花的品格更加突出，进一步表达了她对桂花的赞美，以及对高贵精神埋没于世的叹惋。

女作者的咏物词很多，李清照的咏桂花却不是小女儿格局，她抒发了对桂花物像的喜爱，对桂花所象征的那一类人格的赞美，以及对美好的内在品质不能彰显于世的遗憾。从眼前的桂花，到联想的梅花菊花，再到穿越千年的骚人及其作品，我们似乎可以从词中看到李清照的胸怀格局不断成长扩大。她还是那个赏花的姑娘，所不同的是，她从一朵花里看见的世界越来越大。

本讲小结

吟咏之物以及它寄寓的情感常常也是作者自况。桂花是“花中一流”，李清照也是“女中一流”，因此我们也许可以说，随着才华的愈发出众、品性德行的高雅不群，李清照对自我的要求向着第一等自勉自况。

日常生活中的李清照也是充满自信，好竞争，颇能以天赋自得其乐。《〈金石录〉后序》记载：“余性偶强记，每饭罢，坐归来堂，烹茶，指堆积书史，言某事在某书、某卷、第几叶、第几行，以中否角胜负，为饮茶先后。中，既举杯大笑，至茶倾覆怀中，反不得饮而起。甘心老是乡矣！”说的是夫妇俩都喜好读书藏书，每次饭后一起烹茶的时候，就用比赛的方式决定饮茶先后。一人问某典故是出自哪本书哪一卷的第几页第几行，对方答中就可以先喝。可是赢者往往因为太过开心，反而将茶水洒了一身。“赌书泼茶”已经成为流传千古的佳话。这种日常生活中的小竞争增添了夫妻生活情趣，更体现出李清照爽朗自信于自身天赋才华，也乐于自我表现，并不遵守一般妇女“藏愚守拙”的人生训诲。这种自信、独立之姿，又不可避免地遭到世俗对女子才名追求的严厉打击，而让人生出惋惜之感。

诗文链接

我们中国人对花情有独钟，中国的花多，咏花的诗词多，爱花的诗人多。中国古诗词中的花意象非常丰富。陶渊明爱菊，陆游爱梅，周敦颐爱莲，黄庭坚爱水仙。信步咏花诗苑，把这些咏花佳句放在一起品味，你会咀嚼出不同的味道，享受到更多的趣味。

梅　花

〔唐〕齐已《早梅》：“前村深雪里，昨夜一枝开。”

〔北宋〕林逋《梅花》：“疏影横斜水清浅，暗香浮动月黄昏。”

〔南宋〕卢梅坡《雪梅》：“梅须逊雪三分白，雪却输梅一段香。”

〔南宋〕刘克庄《落梅》：“飘似迁客来过岭，坠似骚人去赴湘。”

菊　花

〔东晋〕陶渊明《饮酒（其五）》：“采菊东篱下，悠然见南山。”

〔唐〕元稹《菊花》：“不是花中偏爱菊，此花开尽更无花。”

〔唐〕黄巢《菊花》：“冲天香阵透长安，满地尽带黄金甲。”

〔南宋〕刘克庄《菊》：“羞与春花艳冶同，殷勤培溉待西风。”

〔南宋〕郑思肖《寒菊》：“宁可枝头抱香死，何曾吹落北风中。”

荷　花

〔唐〕王昌龄《采莲曲》:“荷叶罗裙一色裁,芙蓉向脸两边开。”

〔南宋〕杨万里《小池》:“小荷才露尖尖角,早有蜻蜓立上头。”

〔南宋〕杨万里《晓出净慈寺送林子方》:“接天莲叶无穷碧,映日荷花别样红。”

〔南宋〕范成大《立秋后二日泛舟越来溪》:“行到闹红无水面,红莲沉醉白莲酣。”

桃　花

《诗经·周南·桃夭》:“桃之夭夭,灼灼其华。之子于归,宜其室家。”

〔唐〕崔护《题都城南庄》:“去年今日此门中,人面桃花相映红。”

〔唐〕杜甫《绝句漫兴九首(其五)》:“颠狂柳絮随风去,轻薄桃花逐水流。”

〔唐〕白居易《大林寺桃花》:“人间四月芳霏尽,山寺桃花始盛开。”

〔清〕刘灏《广群芳谱》:“双飞燕子几时回,夹岸桃花蘸水开。”

水　仙

〔北宋〕黄庭坚《王充道送水仙花五十枝》:“凌波仙子生尘袜,水上轻盈步微月。”

〔北宋〕刘邦直《咏水仙》:“借水开花自一奇,水沉为骨玉为肌。”

〔明〕李梦阳《水仙》:“风鬟雾鬓无缠束,不是人间富贵妆。”

〔清〕刘灏《广群芳谱》:“清香自信高群品,故与江梅相并时。”

牡　丹

〔唐〕李白《清平调词》:“一枝红艳露凝香,云雨巫山枉断肠。”

〔唐〕白居易《牡丹芳》："映叶多情隐羞面，卧丛无力含醉妆。"

〔唐〕白居易《惜牡丹花》："明朝风起应吹尽，夜惜衰红把火看。"

〔唐〕韦庄《白牡丹》："昨夜月明浑如水，入门唯觉一庭香。"

玩味易安词

1. 比较阅读

同主题不同文体对读

请阅读下文。都是写桂花，说说本段文字与李清照词作的区别。

桂花是中国木犀属众多树木的习称，代表物种木犀（学名：Osmanthus fragrans (Thunb.) Lour.），又名岩桂，系木犀科常绿灌木或小乔木，质坚皮薄，叶长椭圆形面端尖，对生，经冬不凋。花生叶腑间，花冠合瓣四裂，形小。其园艺品种繁多，最具代表性的有金桂、银桂、丹桂、月桂等。

桂花是中国传统十大名花之一，集绿化、美化、香化于一体的观赏与实用兼备的优良园林树种。桂花清可绝尘，浓能远溢，堪称一绝。尤其是仲秋时节，丛桂怒放，夜静轮圆之际，把酒赏桂，陈香扑鼻，令人神清气爽。在中国古代的咏花诗词中，咏桂之作的数量也颇为可观，可见桂花自古就深受中国人的喜爱，被视为传统名花。

以桂花为原料制作的桂花茶是中国特产茶，它香气柔和、味道可口，为大众所喜爱。桂花在园林建设中有着广泛的运用。

	描写的形象	表达的情感	使用的手法
《鹧鸪天・桂花》			
本段文字			

2. 诗词行家

《鹧鸪天・桂花》中__________是词牌名，__________是标题。词牌/标题一般与词作内容无关。

词根据字数可以分为小令（58 字以下）、中调（59—90 字）、长调（91 字以上）。《鹧鸪天·桂花》属于________________。

词根据片数（也叫阕数）不同，可以分为单调（只有一片）、双调（两片）、三叠（三片）、四叠（四片）。《鹧鸪天·桂花》属于________________。

3. 同步拓展

咏物诗

卜算子·咏梅

〔南宋〕陆游

驿外断桥边，寂寞开无主。已是黄昏独自愁，更著风和雨。

无意苦争春，一任群芳妒。零落成泥碾作尘，只有香如故。

这首词咏的是__________，它的特点是__________________________，它所象征的人类品格是__________________________，这首词表达了作者____________________________之情。

4. 创意写作

在一片花园中，各种鲜艳的花朵争奇斗艳，在花园角落里有一株桂花树远远地避开热闹，但是她香飘十里，花园里所有的花都闻到了，她们……

请你发挥想象，写一写这些花的反应。

第五讲　憧憬爱情

——想象那热烈而浪漫的约会

引言

通过前面几讲，我们知道了李清照少女时心思便活泼开朗，娇羞地憧憬着爱情。与前面表现少女之羞的《点绛唇》偶然碰见男性访客慌忙逃走又倚门回首的娇羞相比，这首《浣溪沙》则是对与情郎幽会表现出了热烈而浪漫的想象和期待。

浣溪沙·绣面芙蓉一笑开

绣面芙蓉一笑开，斜偎宝鸭衬香腮。眼波才动被人猜。

一面风情深有韵，半笺娇恨寄幽怀。月移花影约重来。

注释

绣面：形容面容姣美。

芙蓉：荷花，此处指面容好看，像荷花盛开。

偎：紧挨。

宝鸭：鸭形发式。或指钗头形状为鸭形的宝钗。

香腮：唐温庭筠《菩萨蛮·小山重叠金明灭》："鬓云欲度香腮雪。"

一面：整个脸上。

风情：男女爱慕之情。

月移花影：唐元稹《莺莺传》："待月西厢下，迎风户半开。拂墙花影动，疑是玉人来。"

翻译

有一个面容姣好的少女，她的笑容灿烂，一笑就像盛开的荷花。倾斜的乌黑发髻衬着雪白的香腮，显得更加美丽动人。她的眼波灵动就像会说话一样，能够被人猜中心事。

她一脸饱含深情的脉脉之态，写了一半的信笺上全是寄托娇嗔和思念的话语。月上树梢，随着月亮的移动花的影子也不断推移，这正是情人约会重聚的好时光。

诵读点拨

上阕描绘了女子的姣好面容——灿烂的笑容、云鬓香腮、顾盼流转的眼波。真是“巧笑倩兮，美目盼兮”！眼睛是心灵的窗户，装扮是内心的写照。这一定是一个情感丰富的女子。她娇俏的装扮和生动的表情，除了出自自然本性，有没有可能是因为什么人呢？

下阕继续写她的脸，从她的面容美丽写到脸上的“风情”。“风情”这个词来自《诗经》。《诗经》分为“风”“雅”“颂”三部分，风也叫国风，其中有数量很多的爱情诗，因此与男女情爱有关的情感也被叫作“风情”。“一面风情深有韵”，也就是说她脸上有爱情的甜蜜味道。这句是全词的钥匙，我们终于知道了上阕的甜笑、妆扮、眼波流转和下阕的内容都是由于内心深处的爱情。手边写了一半的信笺，上面全部都是寄托自己思念、娇嗔的话语，幽深难为外人道的心事写不完又满溢在脸上。此时此刻啊，月上树梢，月移影动，正是情人约会的好时光！欧阳修《生查子·元夕》就有“月上柳梢头，人约黄昏后”句。在这暮色渐合的时候，我多么思念你啊，我的情郎！

本词概而言之，说的是甜蜜的思恋。本词虽然是写闺中女子思念情郎，却毫无一般闺怨词的哀怨气息，而是充满了热烈、甜蜜、健康的情感。这首词写的是少女娇嗔甜蜜的思念，而没有半分怨念。爱而不怨是本词的一大特色。

本讲小结

这首词描写的是一位女子热烈地憧憬着与心爱男子的约会。它不一定写的就是李清照本人的感情，诗词中常有“代拟体”，比如温庭筠这个唐朝男词人的许多词作都是模仿女子口吻，抒写女子情思。

这首词是李清照人生前期的作品，词中的女子热情、大胆、大方，没有一般女子的矜持羞涩忸怩，眉梢眼角表情动作无不表现了热恋的甜蜜。即使是“代拟体”，似乎也体现了李清照本人的爱情心理。因为她活跃的思维、饱满的诗书教养，所以到了情愫萌动的年纪她便将渴慕爱情的心理写入词作。从这首词中我们也可以看到，李清照对当时视男女情爱如洪水猛兽的“贞静女学”价值观并不赞同，她赞赏热烈纯真的真挚感情，并且在爱里坦荡、自然、无怨无尤。相信读罢本词，你也会希望这位可爱的女子能实现她向往的爱情，能与那位她思念的情郎终成眷属。

玩味易安词

1. 创意写作

(1) 假如你是她。

如果这位女子没能写成这封信，你能替她写一封信给情郎吗？注意书信的格式：开头称谓、问候；结尾致意、署名、日期。亲密的对象可以用昵称。

(2) 假如你是他。

假设你是女子的情郎，收到了上面这封信，给她写一封回信吧。仍然要注意书信的格式哦！

写作拓展

如何描写美女

——以《诗经・卫风・硕人》为例

你有没有过某个时刻看到一位美丽的女孩子，被她的美貌所吸引，却不知如何描绘她的美？下面就让我们跟着《诗经》中的一首经典诗歌来学习如何描写美女吧！

《诗经・卫风・硕人》是一首描写齐女庄姜美貌，以及她出嫁卫庄公时的盛大场面的诗，诗歌着力刻画了庄姜高贵、美丽的形象。全诗四章，每章七句。第一章从庄姜身份家世写起。第二章开始写其外貌，有如一个特写镜头，先定格在庄姜美丽的容貌上，细致描绘她的形貌美，然后把镜头拉远，画面扩大，在“河水洋洋”“葭菼揭揭”的优美环境中，铺写“庶姜”“庶士”的盛况，镜头再慢慢拉远，一行人走向远方，画面生动，韵味悠长。此诗特色在于描写细致，大量排列的比喻生动新鲜，是中国古代文学中最早摹刻女性容貌美、情态美的优美篇章，开启了后世以博喻写美人的先河，历来备受人们的推崇和青睐。下面就让我们一起跟着这首诗学习如何描写美女吧！

诗经·卫风·硕人

硕人其颀，衣锦褧衣。齐侯之子，卫侯之妻，东宫之妹，邢侯之姨，谭公维私。

手如柔荑，肤如凝脂，领如蝤蛴，齿如瓠犀，螓首蛾眉。巧笑倩兮，美目盼兮。

硕人敖敖，说于农郊。四牡有骄，朱幩镳镳，翟茀以朝。大夫夙退，无使君劳。

河水洋洋，北流活活。施罛濊濊，鳣鲔发发，葭菼揭揭。庶姜孽孽，庶士有朅。

注释

硕人：高大的人。当时以身材高大为美。此指庄姜。

颀(qí)：修长貌。

褧(jiǒng)：妇女出嫁时御风尘用的麻布罩衣，即披风。

齐侯：指齐庄公。

子：女儿。

卫侯：指卫庄公。

东宫：太子居处，这里指齐太子得臣。

邢：春秋国名，在今河北邢台。

姨：指妻子的姐妹。

谭公维私：谭公是庄姜的姐夫。谭，春秋国名，在今山东历城。私，女子称其姊妹之夫为私。

荑(tí)：白茅之芽。

领：颈。

蝤(qiú)蛴(qí)：天牛的幼虫，色白身长。

瓠(hù)犀：瓠瓜的籽，色白，排列整齐。

螓(qín)首：形容前额丰满开阔。螓，似蝉而小，头宽广方正。

蛾眉：蚕蛾触角，细长而曲。这里形容眉毛细长弯曲。

倩：嘴角间好看的样子。

盼：眼珠转动。一说眼睛黑白分明。

敖敖：修长高大貌。

说：通“税”，停车。

农郊：近郊。一说东郊。

四牡：驾车的四匹雄马。

骄：强壮的样子。

朱幩（fén）：用红绸布缠饰的马嚼子。

镳镳（biāo）：盛美的样子。

翟（dí）茀（fú）：以雉羽为饰的车围子。翟，山鸡。茀，车篷。

夙：早。

退：退朝。

河水：黄河。

洋洋：水流浩荡的样子。

北流：指黄河在齐、卫间北流入海。

活活：水流声。

施：张，设。

罛（gū）：大的渔网。

濊濊（huò）：撒网入水声。

鳣（zhān）：鳇鱼。一说赤鲤。

鲔（wěi）：鲟鱼。一说鲤属。

发发：鱼尾击水之声。一说盛貌。

葭（jiā）：初生的芦苇。

菼（tǎn）：初生的荻。

揭揭：长貌。

庶姜：指随嫁的姜姓众女。

孽孽：高大的样子。或曰盛饰貌。

士：指从嫁的媵臣。

朅(qiè):勇武貌。

翻译

一个修长美丽的女郎,穿着麻纱罩衫锦绣衣裳。她是齐侯的爱女,卫侯的新娘,太子的胞妹,邢侯的小姨,谭公是她的姐夫。

双手像春天的白茅幼芽一样十分柔嫩,皮肤像凝脂一样洁白滋润,脖颈好似洁白修长优美的天牛幼虫,牙齿像瓠瓜的籽儿一样洁白、排列整齐,额角丰满如螓首,眉毛细长如蚕蛾触角。嫣然一笑令人心动,秋波一转摄人魂魄。

好个高挑的女郎,她乘坐的车马停歇在郊野农田旁。看那四匹马儿多雄健,红绸系在马嚼上,车围以雉羽为饰,徐徐驶向朝堂。诸位大夫早点退朝吧,今天不要太劳累君王啦。

黄河之水白茫茫一片,北流入海浩浩荡荡。渔网下水哗哗响动,戏水的鳇鱼鲟鱼唰唰喧响,两岸芦苇长又长。陪嫁的姑娘身材高挑,随从的男士相貌堂堂!

写作指津

一、叙述美女的基本信息,比如姓名、何方人士、门第亲属等:

硕人其颀,衣锦褧衣。齐侯之子,卫侯之妻,东宫之妹,邢侯之姨,谭公维私。

二、具体描写美女,即写出美女美在哪里,可使用外貌、神态描写,多用比喻,重点挑一个部位来写,比如眼睛或笑起来的嘴角:

手如柔荑,肤如凝脂,领如蝤蛴,齿如瓠犀,螓首蛾眉。巧笑倩兮,美目盼兮。

三、用具体事件表现她的美,比如本诗写的是出嫁这件事:

硕人敖敖,说于农郊。四牡有骄,朱幩镳镳,翟茀以朝。大夫夙退,无使君劳。

四、转换角度描写。侧面描写更能突出她的美,比如写她身边的人,或写周围环境来烘托她的美:

河水洋洋,北流活活。施罛濊濊,鳣鲔发发,葭菼揭揭。庶姜孽孽,庶士有朅。

写作实践

你可以参考上面的提示来描写一位你心目中最美的美女吗?题目自拟。

第六讲　新婚燕尔

——李清照婚姻的第一阶段：情投意合的初婚与初恋

引言

在古代，婚姻是女人的事业，家庭是女人的主要活动空间，也是女人喜怒哀乐的来源。婚姻中的甘苦哀乐是易安词最重要的题材，下面就让我们一起走进李清照的爱情与婚姻。虽然那个时代女子婚姻要遵从父母之命、媒妁之言，但李清照并不是盲婚哑嫁似的结婚，选择赵明诚作为丈夫一定是经过了李清照的首肯的，而且幸运的是，李清照与赵明诚的爱情和婚姻是同步的。他们在婚姻里热烈地恋爱，婚姻的初期也是单纯的初恋。出嫁后的李清照热切地爱恋着自己的丈夫，但良家妇女直接地表达对爱情的追求、对男人（尽管是自己的丈夫）的爱恋，却可能触动一些人的神经。王灼在《碧鸡漫志》中就批评李清照："自古缙绅之家能文妇女，未见如此无顾藉也。"可见李清照在那个时代的大胆与前卫。

减字木兰花·卖花担上

卖花担上，买得一枝春欲放。泪染轻匀，犹带彤霞晓露痕。
怕郎猜道，奴面不如花面好。云鬓斜簪，徒要教郎比并看。

注释

一枝春：一枝梅花，北魏陆凯《赠范晔》："折梅逢驿使……聊赠一枝春。"或泛指一枝春花，北宋黄庭坚《刘邦直送早梅水仙》："欲问江南近消息，喜君贻我一枝春。"
奴：古代青年女子的自称。
云鬓：形容鬓发多而美。

翻译

在卖花人的货担上买得一枝含苞待放的梅花。花瓣上点点清露像少女脸上均匀的泪珠，晨曦的露珠在花上留下痕迹，使花朵显得更加美丽动人。

怕郎君看见了这枝花会说，我的面容没有花的面容好看。于是我将梅花斜插在鬓间，一定要让他比较看看到底哪个更漂亮。

写法破译

心理描写

下阕用了两处心理描写。首先是“怕”，李清照担心丈夫看到了美丽的花朵，会认为自己不如花朵好看。这一“怕”更突出了花朵的美丽，也表现了李清照对丈夫的爱。情到浓时，一切都是情敌，就连是一枝花也生怕它分走了丈夫的爱。然后是“教”，“教”是“让”的意思。李清照虽说自己怕了，却把花插在发间，非要让丈夫比较看看自己和花朵哪个更美，说明作者不是真的“怕”，而是非常“自信”，自信于自己的美，自信于丈夫对自己的宠爱。这也说明作者非常爱美，美丽的花不仅可以用来欣赏，也可以拿来装点自己，让自然的美成为自己的一部分，成为自己的陪衬，让自己更显娇俏可爱、青春烂漫。女为悦己者容，这一番装点，也并不是真的要让丈夫比较花与人哪个更美，而是希望丈夫看到了簪花会更加喜爱人面。

诵读点拨

这首词是李清照新婚燕尔时日常生活的写照。词中写了一件买花的小事，时间是春天，地点是家门口或街头的卖花担上，作者在此时此地看上了一枝含苞待放的梅花。她将花瓣上的露珠比作少女的泪珠，花儿像美人一样，梨花带雨更显娇美。上阕表现了李清照一贯爱好生活、爱好一切美好事物的高雅情趣。

上阕绘物，下阕传情。买得了一枝美丽的早春梅花，原应是快乐的，作者这里的心理活动却是担心这朵花太美，在夫君面前盖过了自己。“怕郎猜道，奴面不如花面好”，连一朵美丽的花都怕它分得了丈夫的爱，可见作者是多么爱她的丈夫，多么想要霸占他全部的爱呀！此句写出了新婚燕尔的少妇的娇嗔与对丈夫的贪恋。既然害怕夫君说这朵花更美，那就不带回家了？不，作者干脆把它斜插在鬓间，与她的黑发为伴，让她们的笑脸相并，非要让郎君看看到底是花美还是人美。“云鬓斜簪，徒要教郎比并看”，写出了作者对自己容貌的自信和对夫君情感的自信，也写出了夫妻间的日常生活趣味。这首小词写的不过是一件买花小事，但寻常小事也不失情趣，才是真爱。

这朵含苞待放的梅花，是新婚燕尔的李清照的象征。古时候女子不能在婚前自由恋爱，如果幸运地遇到合意的郎君，结婚后才开始真正的恋爱。新婚的李清照初尝爱情，每日与夫君朝夕相对，情投意合，完全沉浸在美满的幸福里，正像一朵正值春光烂漫绽放的花朵。

这枝花也是春天的象征。从一朵花里可以看到整个春天的芬芳。宋朝时有春季卖花的习俗，许多诗词中都有体现，比如南宋陆游的名句“小楼一夜听春雨，深巷明朝卖杏花”。卖货郎担着各色花朵走街串巷，将郊野田园的美丽生机带入千家万户。人们买一枝花插在瓶中装点房间，就是把春天请回了家；女子把花朵插在发间，便是用春天打扮了自己。

这枝娇美的花与作者美丽的面容相互衬托，与时节、人情交相辉映。真是一枝最美的花。

写作背景

词女之夫——赵明诚

这首词中有一位一直隐藏着的男人，那就是李清照的丈夫——赵明诚。到底是什么样的男人可以娶到李清照，并得到李清照如此深沉热烈的爱恋呢？

赵明诚出身于官宦世家，父亲是赵挺之。赵挺之，山东人，与李清照的父亲李格非是同乡。当朝高官，后来甚至做了宰相，精明干练，政绩突出。

赵明诚虽然出身在高官之家，身上却没有一点纨绔子弟的不良习气，还是个太学生。大家不要小瞧这个太学生的身份，宋代的太学是专门选拔官宦子弟以及优秀的平民子弟进入的学校。太学设了上舍、内舍和外舍三种等级，一个人要是在太学里做到了上舍，就不用参加科举考试，经过一段的学习和考试以后可以直接做官，而且做的是京官，所以做太学生在政治上是很有前途的。而且赵明诚从小喜欢收藏金石、字画和文物，九岁的时候就开始了这个爱好。因此，从家庭出身到个人才华、政治前途，赵明诚都是非常优秀的，还有着高雅的趣味和文化品位。所以，在当时甚至今天的许多女孩儿眼中（可能也包括李清照），赵明诚都是一个非常优秀的丈夫候选人。

那么李清照的这个夫君是不是只是从这些外在条件上挑选出来的呢？可能不是，因为赵明诚的父亲赵挺之与李清照的父亲李格非分属不同的政治派别，而且当时党派矛盾特别尖锐，这样的两家要结亲是很困难的。北宋官场上最大的党争就是以是否支持王安石变法分成的变法派和反对派的斗争。赵挺之属于变法派，李格非是“苏门后四学士”，属于反对变法的一派。苏轼就非常反感赵挺之这个人，他曾经给赵挺之一个评语：“聚敛小人，学行无取，岂堪此选。”说这个人就知道聚敛钱财，学问道德没有一样可取之处，这种人怎么担当得了国家的重任呢？不仅苏轼看不起赵挺之，就连“苏门六君子”之一的陈师道，也十分瞧不上赵挺之，即使他还是赵挺之的连襟。陈师道家里特别穷，大冬天的没有棉衣穿，陈师道的夫人就向赵挺之家借了一件棉袍给她丈夫，陈师道知道这衣服是从赵挺之家里来的，就坚决退回去，结果出去参加活动的时候因为受了冻就病死了。这里不论变法派反对派孰是孰非，只看这个事实本身说明了什么问题呢？它说明了变法派的和反对派之间的矛盾特别尖锐，具体到赵挺之的身上，他和苏轼包括苏门弟子之间的矛盾也是特别尖锐的。

从两人的门第、出身、爱好等外在条件来看是十分般配的，然而从两位父亲的政治派别来看又水火不容，古代男女婚姻是父母之命，那么，李清照和赵明诚是如何突破重重障碍走到一起的呢？他们靠的是婚姻中最重要的一样东西——感情。

从前面几讲我们已经知道，年轻时的李清照是一个诗词少女，小小年纪就词语灵秀，句子清明。这种才华没有被关在闺阁之中，在士大夫中有很高的知名度。想必她的才名也传到了赵明诚的耳中。同属一个阶层一个文化圈，他们很可能互相都有耳闻。

当时流传一个故事，后来也被记载在元代小说《琅嬛记》中。这个故事说，有一天赵明诚白天在家里睡觉，突然做了一个梦，醒来后觉得这个梦很奇怪，就去告诉父亲，说他梦见一本书，书中的内容都忘记了，只记得三句话："言与司合，安上已脱，芝芙草拔。"请父亲帮他解梦。赵挺之一下子就把这梦破解了，说："'言与司合'这不就是一个'词'嘛，'安上已脱'那'安'底下不就是一个'女'嘛，'芝芙草拔'就把'芝芙'去掉草字头，底下不就是'之夫'两个字嘛。这三句话合在一起就是'词女之夫'。"相信赵挺之一解此梦就识破了这个21岁的儿子的小伎俩，知道他肯定是爱上某个女孩子了。要娶一个会写词的女孩儿，符合这个条件的可能不止李清照一个，但真正能让赵明诚青睐的有才气的词女，并且还要是门当户对的官宦女子，那不就是李清照吗？《琅嬛记》是一本怪异幻想杂谈小说，这个故事很可能是后人杜撰的，为两人的婚姻故事添加了戏剧成分。但是虚构杜撰一般都是有现实基础的，这个故事起码能说明赵明诚不但对李清照的才气有所耳闻，而且很想亲近这个才女。我们没有更多更细致的史料来证明李赵二人是如何走到一起的，那么这里只能用一句俗语来解释了：什么都不能阻挡两颗想接近的心。

本讲小结

李清照人生前半期的幸运在于出生在一个书香门第，拥有和睦美满的父母和家庭，在婚嫁时也觅得良人。从无忧无虑的少女到甜蜜美满的新妇，李清照的幸福是层进的。在这首词中，我们看到活泼和可爱在李清照身上的延续，更看到新婚后李清照的娇嗔和俏丽。

玩味易安词

1. 诗词行家

《减字木兰花》，唐教坊曲，后用为词牌，简称《减兰》。双调四十四字。与《木兰花》相比，前后片第一、三句各减三字，故名"减字木兰花"。那么词牌"添字采桑子"是怎么来的呢？下面列出李清照的《采桑子》和《添字采桑子》，请合理猜测"添字采桑子"得名的由来。

采桑子

〔南宋〕李清照

晚来一阵风兼雨，洗尽炎光。理罢笙簧，却对菱花淡淡妆。
绛绡缕薄冰肌莹，雪腻酥香。笑语檀郎：今夜纱厨枕簟凉。

添字采桑子·芭蕉

〔南宋〕李清照

窗前谁种芭蕉树？阴满中庭。阴满中庭，叶叶心心，舒卷有余情。
伤心枕上三更雨，点滴霖霪。点滴霖霪，愁损离人，不惯起来听。

2. 我问你答

宋代妇女习惯梳髻，高髻多为贵妇所梳，一般平民女子则梳低髻。你觉得婚后的李清照梳的应该是高髻还是低髻呢？为什么？

3. 词中有画

云鬓斜簪

请画出头上斜插着一枝含苞欲放的梅花的美丽新妇。

4. 创意写作

你能根据本词的意思编一则小故事吗？

第七讲　风波乍起

——政坛风云对家庭生活的侵扰

引言

看到刚刚开放的红梅，却满心担忧明天会不会起风，吹落那朵朵红梅，《玉楼春·红梅》透过梅与风的隐喻，表达对随时可能来临的风波的担忧。这番情境透露着李清照婚后幸福生活中隐藏的不安和无力。

玉楼春·红梅

红酥肯放琼苞碎，探著南枝开遍未。不知酝藉几多香，但见包藏无限意。

道人憔悴春窗底，闷损阑干愁不倚。要来小酌便来休，未必明朝风不起。

注释

红酥：红润柔嫩，此指色泽滋润的红梅。

琼苞：像玉一般美好的欲放的鲜嫩花苞。

酝藉：蕴含。

道人：一说李清照自指。另一说意谓别人这样说我、议论我。

休：句末语助词。

翻译

红梅终于肯开放了，她那娇嫩的花蕊冲破了花苞的包裹绽放开来，我探出头看看最早开花的南枝上花苞是否开遍。不知道红梅蕴含了多少香气，只看见她初绽的花颜上蕴藏着无限情意。

我在春天的窗下日益憔悴萎靡，既然愁闷抑郁就不要去倚靠那容易招来忧愁的栏杆了。邀请你来同我共赏红梅，小酌几杯。赶快来吧，谁知道明天会不会起风，吹落那朵朵红梅呢。

写法破译

隐喻：梅与风

梅花在本词中，既是初春盛放的美丽花朵，也隐喻着作者自己的美丽容颜与青春年华。新婚燕尔的少妇正像那初放的红梅一样娇嫩红润。以花喻人并不新鲜，但本词中花与风的联喻却很有深意。明天可能突起的风，隐喻着一种不受控制又充满破坏性的巨大力量。这股巨大力量会摧折作者如花的红颜，让夫妻的团聚和幸福落空。这首红梅词，吟咏了红梅的美好，也哀叹了命运的不安和动荡。

诵读点拨

“红酥肯放琼苞碎，探著南枝开遍未。”第一句中的“红酥”意为“红润柔嫩”，“琼苞”是指像美玉一般的花苞。花苞通常是绿色的，这一句中红梅绽放，冲破了绿色花苞，使之碎裂，颜色鲜明，动感十足，生动地写出了花朵绽放的动态。“肯”字拟人化地表现了红梅那种含苞待放、不急不慢地从容绽放的状貌，也表现了作者盼望梅花绽放的迫切心理和等待已久的情态。第二句紧随第一句而来，因为作者等待已久、期待已迫，所以一有花开就急忙查看南面的枝头，看看梅花是否开遍了南枝。“南枝”是南面向阳的枝条，因为接受阳光最多，所以花开较早，与“北枝”相对。古人写花，南北枝之分由来已久，如南唐冯延巳诗有“北枝梅蕊犯寒开”句。此处，南枝的花都不知是否全开，点明了梅花初绽。这两句写出了作者对梅花的深爱与倾慕。

“不知酝藉几多香，但见包藏无限意。”为什么急于查看南枝呢？因为深爱红梅。为什么深爱呢？因为她红颜般的脸庞，更因为她的“香”和“意”。这两句写出了作者爱红梅的原因。作者不知道红梅蕴含着多少香气，只看见她包藏了无数深情厚意。由视觉的“红”到嗅觉的“香”，再到深入心灵的“意”，作者全面而深入地爱着红梅。红梅本是无情物，情意是由人心而来再投射到梅花上的。那么这个情意是什么呢？

“道人憔悴春窗底，闷损阑干愁不倚。”这两句通过描写人物解释了上文的情意。时值春天作者却越来越憔悴萎靡了，因为愁闷不已连栏杆也不敢倚靠了。在春天的窗前，所望应是明媚的春景，心情应是愉快欢畅的，而作者却根本没有兴致。“阑干”是高楼台阁的栏杆，“凭栏远眺”“愁倚阑干”是宋词中的常见意象；这句说自己本就已经愁绪万端了，就不要再去“独倚阑干”自招愁怨了。原来那萦绕在作者心头又投射在梅花身上的情意是忧愁苦闷。那么为什么愁闷呢？

“要来小酌便来休，未必明朝风不起。”邀请你来同我共赏红梅，小酌几杯，你要来就赶快来吧，谁知道明天会不会起风吹落红梅呢！原来一切愁闷都来自那个远方的人儿，作者是多么思念他啊！关注红梅是因为他，因为想同他一起观赏；独自愁闷日益憔悴是因为他，因为那日夜不息的思念；担心明天风起花落是因为他，生怕天公不作美，等不到他的归来便吹落花如雨。期待他归来的迫切心情溢于言表。对丈夫的深爱与思念，独居的孤独与愁闷，对未来生活的惶惶不安都投射了在这一枝初放的红梅上。

写作背景

新旧党争：家庭风云

根据陈祖美《李清照简明年表》，此词作于宋徽宗崇宁三年（1104）。此时新旧党争突然紧张，宋徽宗在新党领袖蔡京的鼓动下，决心继承宋神宗和宋哲宗变法的遗志。很快，蔡京和赵挺之得到提拔重用，两人先后升任副宰相一直到宰相。蔡京、赵挺之，以及另外一些新党人物，开始对旧党进行打击报复，李清照的父亲李格非作为旧党之一也受到了打击。这种政治打击是非常残酷的，有一个“元祐党籍碑”，由宋徽宗亲自题写碑额，蔡京亲自书写旧党 309 个人的名单并刻在碑上。被刻在此碑上的人，还在世的要囚禁或者贬谪，已过世的人要拔除官衔，他们的子孙永远不得为官，皇家子女也不得与此名单上的罪臣子孙后代通婚，已订婚的必须取消。这相当于一个石刻的黑名单，石碑沐风浴雨，经世不坏，意思就是要让那些名字被刻在上面的人永世不得翻身。

此时李清照曾向她的公公赵挺之求救。南宋张琰在给李格非《洛阳名园记》写的序文中记载："女适赵相挺之子，亦能诗，上赵相救其父云：'何况人间父子情'，识者哀之。"从这条资料中我们可以看出，当李格非在这一场政治变故中遭到不测的时候，李清照给她的公公写了一首求救诗，其中一句就是"何况人间父子情"。虽然不能看到全诗，但是通过这一核心诗句，我们可以了解此诗全部的含义，那就是希望公公能够看在儿媳妇的面子上，看在天下子女都希望父母能够平安的人之常情上，能够对李清照的父亲施以援手，希望赵挺之能顾念这一点情谊。

然而赵挺之并没有出手援救。南宋著名学者晁公武在《郡斋读书志》里提到了这件事："其舅正夫相徽宗朝，李氏尝献诗云'炙手可热心可寒'。"李清照写诗云"炙手可热心可寒"，意思是说公公手里的权力很重，以至于手心都滚烫了，可是公公的手心越烫，她的心就越寒冷。这句话是有典故的，"炙手可热"出自杜甫《丽人行》中的"炙手可热势绝伦"，是讽刺杨贵妃、杨国忠一家的。李清照对公公说出这样不敬的话，可想而知公公的拒绝援助令她多么"心寒"。

赵挺之为什么会拒绝援助李清照的父亲、自己的亲家公呢？首先，赵挺之的身份不仅是李清照的公公，更是当朝宰相、新党的重要人物，新党的任务就是打击旧党，推行变法，如果赵挺之援助自己的亲家，那么就是徇私渎职，后果非常严重。其次，李清照的诗虽然充满了对父亲的真情实感，却完全没有顾及公公的两难处境，甚至还明显表露出对公公的怨愤。虽然这一切都源自李清照真实自然、爱憎分明的个性，但是在赵挺之看来，这种不加掩饰的怨愤就是不恭不敬。

夹在父亲与公公之间的尴尬，给李清照带来了什么后果？李清照有可能因此触怒公公，让她在赵家的处境变差，甚至还有可能与丈夫赵明诚产生嫌隙。担忧父亲和娘家，与公公关系又不和睦，此时的李清照最需要的一定是丈夫的关爱。这件事上赵明诚是怎么做的呢？赵明诚并不像他父亲那样有很深的政治成见，虽然朝廷下令销毁苏轼、黄庭坚这些苏门师生所有的诗文集，但赵明诚依然故我地收集苏轼、黄庭坚的有关资料——这位年轻的收藏家只管收藏。丈夫的行为让李清照多少是有些宽慰的，毕竟她父亲和苏门弟子的关系实在是太密切了，这种行为也让李清照在孤立的家门、严酷的政治风气中感到了难得的温暖。

本讲小结

父亲与公公政见的不同，没有阻挡住李清照和丈夫的结合，却还是让李清照从幸福的婚姻生活中一下子跌入痛苦的深渊。“未必明朝风不起”，从小生活在家庭温室中的她突遭外部打击，看到一个更加严酷、复杂的世界。虽然这在情感上摧折了心绪，却也使她不得不面对真实的世界，让心灵更为成熟，让诗词作品的内涵更加丰富。读到这首《玉楼春·红梅》，我们能感觉到李清照那无忧无虑的少女时期和酣然热恋的婚姻初期已经走向终结，她第一次尝到了命运的滋味，第一次对外部世界、人情世故有了体悟，从而产生了一种难以把握的无力感。

玩味易安词

1. 词中有画

请为词作配图。

2. 我问你答

本词中的红梅美吗？美在哪里？

3. 比较阅读

（1）李清照在本词中对梅花的情感态度是________________，在《鹧鸪天·桂花》中对梅花的情感态度是________________。这矛盾吗？为什么？

（2）请比较李清照《玉楼春·红梅》与苏轼《红梅》的异同。

红　梅

〔北宋〕苏轼

怕愁贪睡独开迟，自恐冰容不入时。
故作小红桃杏色，尚余孤瘦雪霜姿。
寒心未肯随春态，酒晕无端上玉肌。
诗老不知梅格在，更看绿叶与青枝。

注释

诗老:指苏轼的前辈诗人石曼卿。

更看绿叶与青枝:北宋石曼卿《红梅》:“认桃无绿叶,辨杏有青枝。”

翻译

红梅花怕开放了之后会愁怨,又加上贪睡,所以独自开得迟了些;又恐怕冰雪般洁白的姿容不合时俗,才故意染上了桃花杏花那样的红色,但仍然保留着孤高瘦峻的霜雪之姿。耐寒的品性使红梅不肯在春天与百花争奇斗艳,像喝醉了酒一般的红晕染上了梅花的脸颊。石曼卿老人不懂得红梅的品格所在是花朵,怎么能从绿叶、青枝来辨别梅花呢?

苏轼《红梅》的体裁是________。李清照《玉楼春·红梅》体裁是________,其中词牌名是________________。

苏轼诗中的红梅具有____________________________________的品格。李清照词中的红梅具有________________________________的品格。

苏轼对红梅的感情是______________________________________。李清照对红梅的感情是________________________________。

第八讲　相思苦等

——李清照婚姻的第二阶段：时常的分离与确信的思念

引言

通过前面几讲我们看到李清照如愿拥有了爱她的丈夫，并开始了她的婚后生活：在《减字木兰花》中李清照呈现出美满婚姻中的幸福小女人形象，在《玉楼春·红梅》中透露着李清照在幸福生活中潜藏的不安和无力。此外，李清照的婚姻时常伴随着丈夫的离开，因此易安大量的情词写作于分离期间，这首《一剪梅》即代表作之一。

一剪梅·红藕香残玉簟秋

红藕香残玉簟秋，轻解罗裳，独上兰舟。云中谁寄锦书来？雁字回时，月满西楼。

花自飘零水自流，一种相思，两处闲愁。此情无计可消除，才下眉头，却上心头。

注释

玉簟(diàn)：光滑如玉的竹席。

兰舟：船的美称。

锦书：书信的美称。《晋书·窦滔妻苏氏传》："前秦秦州刺史窦滔被徙流沙，其妻苏氏思之，织锦为回文旋图诗以赠窦滔，可宛转循环以读之，词甚凄婉，共三百四十字。"

雁字：雁群。雁群飞行时，常排列成"人"字或"一"字形，因称"雁字"。相传雁能传书。

翻译

红色的荷花已经凋谢，只有残留的幽香还在飘荡，躺在光滑如玉的竹席上，已有了一些凉意，这些都告诉我秋天来了。轻轻地脱下丝绸外裳，独自登上那精致的小船，想用划船散心来排遣相思的愁闷。仰望长空，白云悠悠，谁会寄来书信？也许会在雁群飞回来，清亮的月光正好洒满西楼的时候。

落花独自飘零，水独自流淌着。我们两个人呀，患着一样的相思，却两地分离，各自忧愁。这相思的愁苦实在无法排遣，刚刚离开了微蹙的眉梢，却又涌上了心头。

诵读点拨

“红藕香残玉簟秋。”红色的荷花谢了，只有残留的幽香飘在风中，这些景象已经告诉了作者夏季的离开、秋天的来临。但直到躺在光滑如玉的竹席上，作者才觉出微凉，秋天的感觉才真正贴身袭来。这一句从客观的外部景物与主观的亲身体验两方面写出秋天的景状，也暗含“人走席凉”的意味，外部温度的转寒与独守空房时内心的清寒结合在一起，形成了一种由外而内彻底的清冷之感。

“轻解罗裳，独上兰舟。”自古逢秋悲寂寥，又恰逢独居寂寞，这种愁闷难以排解，只能出去散散心，于是她轻轻脱下丝绸的外裳，独自登上了精美的小船。登舟游览是李清照少女时期便喜爱的活动，还记得那首《如梦令》吗？“常记溪亭日暮，沉醉不知归路。兴尽晚回舟，误入藕花深处。”那时登舟游览是有一群少女同伴，欢快兴奋的乐事。而此时的“轻解罗裳，独上兰舟”，一个“轻”字写出了她动作的轻缓，说明已经不是兴奋的游览心情了，而是排遣寂寞的低沉情绪；一个“独”字写出了她的寂寞，尽管衣着华美、小船精致，但这些都不能丝毫缓解她的愁苦。

“云中谁寄锦书来？雁字回时，月满西楼。”在漂流的小船上望向天空，谁会寄来书信呢？作者多么希望此时能收到丈夫的书信啊！她猜测道，她也肯定会在一个大雁排成行的时候，在一个月光洒满西楼的时刻，收到远人的书信。此处是一个倒装，先说事件，再说时间。见字如面，书信是分离的人们寄托思念的手段，“云中谁寄锦书来”句写出了作者对丈夫的思念，也写出了作者对丈夫的信任，她相信丈夫也思念着自己，会给自己寄来传递情感的书信。思念而不怨恨，这是李清照与其他闺怨词中单相思的“怨妇”不同的地方：我爱你思念你，我也知道你在另一个地方爱着我思念着我。当我收到你信的那一刻，一定是一个最美的时节，大雁排成行，月光洒满西楼。“雁字回时，月满西楼”两句将收到信笺的喜悦、圆满心情具象化了。

读罢上阕，由秋意之凉、孤独之愁到爱情之圆，让我们看到李清照在寂寞愁苦中依旧得到爱情力量的支撑。

“花自飘零水自流。”花独自在风中飘零着，水自顾自地流荡着。落花与流水向来是男女感情的象征，这里用两个“自”写出了落花与流水两种景物互不相干的状态。这也是作者的担忧，她多么害怕她灿烂的年华像这落花一样独自飘落，丈夫却不在身边无法参与。

“一种相思，两处闲愁。”虽然丈夫不在身边，但李清照相信夫妻二人的心境是一样的，他们同样患着热烈的相思，只是分别在两个地方各自愁闷着。这又是作者对丈夫的一种共情和体谅，她虽愁苦寂寞，但能体谅对方同自己一样愁苦寂寞。这再次反映了李清照与丈夫赵明诚爱情的深笃。因为爱得深沉，所以分开后思念情苦；因为爱得深沉，所以懂得而无怨尤。

“此情无计可消除，才下眉头，却上心头。”作者为了排遣相思之苦而登船散心，可是这愁苦的心情是没有办法消除的，刚刚离开了微蹙的眉头，又涌上了心头。原来登船散心也像“抽刀断水水更流，借酒消愁愁更愁”一样是无效之举。这里更加反映了作者寂寞愁苦的深重，也突出了作者对爱的执着、对爱人无法释怀的思念。而这种赤诚、热烈、纯洁的真情就是易安词中独特的美。

写作背景

新旧党争：北宋政坛风波

在李清照和丈夫赵明诚共同完成的《金石录》中有一篇李清照撰写的后序，详尽而简洁地梳理了他们一生的经历以及为收藏金石所付出的辛劳。在这篇后序中，李清照交代了父亲李格非在党争中蒙冤，她也受到株连，被迫还乡，与丈夫时有别离。这不免勾起她的许多思念之情，于是写下了多首词篇，这首《一剪梅》是其中的代表作。新旧党争是李清照家庭动荡的现实起因，这一政治事件不仅影响到了李清照的家庭生活，还在宋朝政坛上波及了很多人。下面，让我们一起走进新旧党争的历史镜头。

宋神宗改革，拜王安石为宰相，开以新政，即王安石变法。新政虽切中时弊，但执行上颇有问题，朝中保守党大臣极力反对，是为旧党。旧党中不乏有影响力的人物，如韩琦、司马光、欧阳修等，王安石唯有晋用吕惠卿、曾布、章惇及韩绛等新人予以抗衡，是为新党。

党争最初因为政见不同而起，后来演变成排除异己的夺权之争。元丰八年(1085)三月，神宗病逝，哲宗即位，司马光执政，几乎尽罢新法，史称“元祐更化”。在宣仁太后的主导下，朝廷致力于恢复祖宗旧制，前后历时九年，这一时期改革派人士几乎全遭贬职。蔡确、章惇等被贬至岭南，开启了北宋贬官至岭南的先例。

元祐元年(1086)，王安石与司马光相继病逝，守旧派继续掌握大权，党争仍无止息。朝廷分裂成正反两党，得势反变法党又分成三派：

1. 朔党(朔学)——司马光、刘挚、梁焘、王岩叟、刘安世；

2. 洛党(洛学)——程颢、程颐、朱光庭、贾易；

3. 蜀党(蜀学)——苏轼、苏辙、吕陶、上官均。

司马光去世后，朝臣借大赦的机会去吊唁，程颐以为不合古礼。这一迂腐的言论遭到苏轼的嘲讽。于是洛党朱光庭、贾易等攻击苏轼诬蔑宋仁宗不如汉文帝，宋神宗不如汉宣帝，以为是对先王不敬。这时蜀党吕陶、上官均挺身而出为苏轼辩护。结果程、苏二人皆遭左迁。史称“蜀洛党争”或“蜀洛朔党争”。至此党争完全沦为意气之争，终使朝纲不振，政风日坏。

元祐九年(1094)，宣仁太后病逝，宋哲宗亲政，章惇进京出任尚书左仆射、门下侍郎，恢复宋神宗的新法，史称“绍述”，意为继承。曾布用为翰林学士，张商英用为右正言。章惇当政期间，对旧党诸臣大肆报复，以“诋毁先帝”“变易法度”的罪名剥夺了司马光、吕公著的赠谥，绝大部分的旧党党人都被贬到岭南等蛮荒地区。章惇甚至企图追废宣仁太后，为哲宗所止。章惇此举只是带有个人情绪的报复，不过在公务上，他也不以官爵私其亲人。

新旧党争前后凡五十余年，对北宋的政治产生了极大影响。有时争论只是书生意气之争，司马光批评王安石变法的理由之一居然是南人不可当政，曰："闽人狡险，楚人轻易，今二相皆闽人，二参政皆楚人，必将引乡党之士，天下风俗，何由得更淳厚！"由于新、旧两党更迭执政，王安石曾两度退职，新政时行时废，臣民无所适从。

本讲小结

李清照的婚姻第一阶段是幸福和美、如胶似漆的夫妇相爱，这不仅需要二人的情投意合、你侬我侬，还需要稳定的社会时局、两方家庭和睦的环境保障。随着新旧党争等外部环境的恶化，李清照的婚姻进入了第二阶段——时有分离的相思期。《一剪梅·红藕香残玉簟秋》中的寂寞愁苦固然深重，但李清照是相信他们的夫妻之爱的，"云中谁寄锦书来？雁字回时，月满西楼"。相思虽苦却未灰心，更有一种爱之深思之切的动人之美。

玩味易安词

1. 词中有画

请为"雁字回时，月满西楼"配图。

2. 词语对碰

"轻解罗裳，独上兰舟"中，"轻解"对__________，"罗裳"对__________。

"一种相思，两处闲愁"中，"一种"对__________，"相思"对__________。

"才下眉头，却上心头"中，"才下"对__________，"眉头"对__________。

3. 词曲对唱

你可以随性哼唱这首词吗？

4. 创意写作

你思念过一个人吗？他是谁？思念的时候心理感受是怎样的？请用100—300字介绍一个你思念的人，并细致描绘你的思念。（如果能在写作中引用《一剪梅·红藕香残玉簟秋》词句更好哦！）

第九讲　寂寞佳节

——每逢佳节，思念加倍

引言

我们从上一首《一剪梅》中已经感受到了李清照在分离期间的痛苦。平日如此，如果赶上节日就更是“每逢佳节倍思亲”了。易安词中有两首写在节日期间，表达了对远游在外的丈夫的思念：一首《醉花阴》写在愁云密布的重阳，一首《行香子》描绘了人间天上的浓愁。

醉花阴·薄雾浓云愁永昼

薄雾浓云愁永昼，瑞脑消金兽。佳节又重阳，玉枕纱厨，半夜凉初透。

东篱把酒黄昏后，有暗香盈袖。莫道不销魂，帘卷西风，人比黄花瘦。

注释

瑞脑：一种薰香，即冰片。又称龙脑。

金兽：兽形的铜香炉。

纱厨：防虫的纱帐。

东篱：指菊花地。东晋陶渊明《饮酒》：“采菊东篱下，悠悠见南山。”“东篱”由此成为诗人咏菊常用之典。

暗香：这里指菊花的幽香。

盈袖：满袖。

帘卷西风：秋风吹动帘子。

黄花：指菊花。

翻译

屋外天气阴沉，薄雾弥漫，云层浓密，屋内龙脑香在兽形的铜香炉中喷出并缭绕在整个房间里，日子过得愁闷，好像白天长得挨不到头。又到了重阳佳节，我独自卧在玉枕上、纱帐中，半夜的凉气已将全身浸透。

在菊花地边饮酒一直到黄昏之后，菊花的淡淡清香已经在不知不觉中溢满我的两只袖管。不要说清爽的秋天不令人神伤，秋风卷起珠帘，帘内的人儿已经比那黄色菊花更加消瘦了。

诵读点拨

“薄雾浓云愁永昼，瑞脑消金兽。”薄雾浓云的阴沉天气，使人慵懒倦怠，加上心情愁闷，便觉得白天实在难挨，好像过不到头一样。重阳节时已经过了秋分，客观情况是昼短夜长，白天还在慢慢变短，而作者却说“永昼”，似乎白天长得没个头，这实际是一种由于“愁”产生的主观时间感受，因为人们在快乐的情绪中会觉得时间过得很快，而在忧愁烦闷的心情中会感觉时间很慢。第一句将天气的沉闷与心情的愁闷叠加在一起，使“闷”升级，也不知是因为天气的沉闷加重了心情的愁闷，还是因为心情愁闷而更加觉得天气沉闷。将客观的天气情况与主观的心理感受交叠，情景交融，首句便将整首词的感情基调笼罩在一片愁闷之中。“薄雾浓云”是室外的，而“瑞脑消金兽”是屋内的。原本屋外的阴沉天气已经加重了作者的忧愁，屋内燃烧的名贵熏香使整个房间都烟云缭绕，更加令她心烦意乱。尽管香薰是名贵品种，香薰盒器是精美的兽形，也丝毫无法排遣她的忧愁烦闷。

“佳节又重阳，玉枕纱厨，半夜凉初透。”又到了重阳佳节，这是一个家庭团聚的节日，也是一年中阳气最旺的一天。古人一般认为男人为“阳”，在这一天独居的作者家中没有丈夫，失去了男人的家里没有阳气，全是阴气。天气阴沉，屋内云雾缭绕，已经使她万分愁闷，现在时节最“阳”，而她居所和状态最“阴”，更加使她难过伤怀。“佳节又重阳”，一个“又”字突出夫妻分别已不止一载，这是作者度过的又一个孤单的节日。每逢佳节倍思亲，一个人独守空房，只有玉枕和纱帐陪伴，到了半夜，初秋的凉气浸透了整个身体。到这里，作者心情已经由表面难以排遣的烦闷进入了深层的凄凉、孤独。

“东篱把酒黄昏后，有暗香盈袖。”作者独自喝酒直到黄昏以后，那里遍植的菊花的香气不知不觉灌满了她的双袖。带着愁怨而来，带着暗香而去。就菊饮酒是多少文人雅士的风雅之举，这本是一件赏心乐事，但词里说她一直喝到了黄昏以后。作为赏心乐事的饮酒小酌即可，不会是忘记时间的狂饮。作者在这里借饮酒就菊的风雅外壳，行借酒消愁的苦闷实质。

“莫道不销魂，帘卷西风，人比黄花瘦。”不要说清爽的秋天不令人神伤，秋风卷起帘幕，你们才能看见帘幕内的人比菊花还消瘦。作者借着古意，搬出秋天是否令人伤神的旧题。“悲秋”自宋玉以来就是历代诗人的一个常题，由于经常重复而渐渐缺乏美感，于是一些诗人便言起“喜秋”，比如唐朝刘禹锡的“自古逢秋悲寂寥，我言秋日胜春朝”，所以秋天令人欣喜还是忧愁，不是一个新鲜话题。作者在这里却将这一旧题写出了新意，虽属“悲秋”，却与前人悲秋的内涵不同。表面上是说清冷萧瑟的秋天令人黯然神伤，让人渐渐消瘦、衣带渐宽，实质上还是说思念苦情、寂寞孤独让她一天天枯萎下去了，比那淡雅的菊花还要瘦弱。

整首词在说什么？在数算着一切令作者烦闷、忧愁、凄惶以至于渐渐消瘦不成形状了的东西——屋外的阴沉天气、室内的缭绕香薰、又一个重阳佳节、酒、菊花、秋天。一切都令她伤感，一切都使她无法摆脱愁怨。然而词人的愁怨并非因为这一切而起，整首词对于愁怨的真正原因竟一字不提——夫君。你在时，你是一切；你不在时，一切都是你。我的思念无时无刻不缠绕于心的啊，我推开窗子看天气，想你；我回到室内焚香，想你；重阳佳节，想你；孤枕难眠，想你；我出门喝酒赏菊，还是想你；就连秋天该悲该喜，都由你决定。词中情浓意切，说到底，是一颗心苦恋着一个人。

据说李清照婚后不久，丈夫就“负笈远游”，她深深思念着丈夫。崇宁二年(1103)，时届重九，便写了这首词寄给赵明诚。收到这封信，读罢这首词，夫君了解妻子的苦情之后会多么欣然又多么心疼呀！

传统文化知识

重阳节

重阳节有着悠久的历史，是中华民族一个非常传统的节日。它起源于春秋战国时代。古人将天地万物归为阴阳两类，阴代表黑暗，阳代表光明，奇数为阳，偶数为阴。九是奇数，因此属阳，九月初九，日月逢九，二阳相重，故称“重阳”。

重阳节是老百姓非常喜欢的节日，主要风俗活动是登高、赏菊、喝菊花酒、插茱萸、吃糕，每到重阳节正是登高远眺、舒畅胸怀的好时光。另外，重阳节和其他传统节日一样，是家人团聚的佳节、纪念祖先的节日。

在历代诗词中，常有描写重阳节以抒发情怀的作品。比如唐朝诗人孟浩然在重阳节这一天拜访故人，写下了《过故人庄》，写的是重阳佳节拜访老友，在自然闲适的农家庄户就菊饮酒，谈笑欢宴，呈现出一片喜悦安恬的气氛。但是如果人们在重阳节这一天不能与亲人朋友团聚，甚至独守空房或客居在外时，就会像唐代诗人王维写的一样，“每逢佳节倍思亲”，更加忧愁伤感。重阳节本身是一个快乐的节日，诗人们却因为自身境遇的不同而表达着不同的情怀。因此，在中国古典诗词中，有人因重阳而喜，有人因重阳而思，有人因重阳而哀。诗人们的情绪、文采随着重阳这个节日一起流传了下来，使这个节日更加具有文化气息和情感回应。

行香子·草际鸣蛩

草际鸣蛩，惊落梧桐，正人间天上愁浓。云阶月地，关锁千重。纵浮槎来，浮槎去，不相逢。

星桥鹊驾，经年才见，想离情别恨难穷。牵牛织女，莫是离中。甚霎儿晴，霎儿雨，霎儿风。

注释

蛩（qióng）：蟋蟀。

云阶月地：指天宫上以云为阶，以月为地。

“纵浮槎（chá）来”三句：檃栝典故借喻词人与其夫被迫分离之事。西晋张华《博物志》：“天河与海通。近世有人居海渚者，年年八月有浮槎，去来不失期。人有奇志，立飞阁于槎上，多赍粮，乘槎而去。……至一处，有城郭状，屋舍甚严。遥望宫中多织妇，见一丈夫牵牛渚次饮之。”浮槎，指往来于海上和天河之间的木筏。槎，用竹木编成的筏子。

星桥鹊驾：指鹊桥。传说七夕牛郎织女在天河相会时，喜鹊为之搭桥。

甚：领字，此处含有“正”的意思。

霎（shà）儿：一会儿。

翻译

草丛中的蟋蟀鸣叫惊落了树梢的梧桐叶子，这正是人间和天上都充满了浓愁的时节。天宫以月为地，以云为阶，重重关锁困住织女，即使牛郎乘木筏到天上去，来来往往也不能遇见织女呀。

鹊桥一年才搭成一次，猜想一下牛郎、织女常年不能相聚的离愁别恨该是无穷无尽的吧！今天是七夕，此时喜鹊应该已搭起了星桥，可再看天气却阴晴不定，忽风忽雨，该不是牛郎、织女又受到阻碍，无法相聚吧！

写法破译

联想、想象

联想和想象像一对双生子，在文学作品中常常相伴而行。

联想是由眼前事物想到相似、相关、同类或相反的事物。作者由七夕佳节联想到牛郎织女的传说，这种联想非常自然，因为在文化意义上，七夕主要是纪念牛郎织女一年一度相会的节日。作者又由长期分离而难以相聚的牛郎织女联想到同样分别两地、不知何日才能团聚的自己和丈夫，这叫类比联想，即由眼前的人、事、物联想到同类的人、事、物。

想象是将已有的信息组织、动用、创新，使之生成新的形象。七夕佳节本是牛郎织女难得的团聚之期，看到天气不佳，作者想象他们可能因此而无法团聚：“牵牛织女，莫是离中。甚霎儿晴，霎儿雨，霎儿风。”这个想象有类比意义，因为作者自己与丈夫在七夕之日也未能团聚。天上的牛郎织女与地上的清照明诚都不能团聚，不是“正人间天上愁浓”吗？想象是诗歌的翅膀。借着想象，诗人的笔可以伸向时间与空间的任何角落。读者搭乘想象的翅膀可以畅游诗歌的国度。

诵读点拨

“草际鸣蛩，惊落梧桐，正人间天上愁浓。”蟋蟀在草丛里鸣叫，这鸣叫声惊到了梧桐树叶，使它们纷纷飘落。这里的景物描写运用了拟人的修辞手法。七夕大约在公历的8月中下旬或9月初，夏末蟋蟀鸣叫，梧桐树落叶，本是自然之景，作者通过一个“惊”字赋予梧桐叶以生命感，并使原本的客观之景增添了哀婉的情绪。并且在这句词中，将原本不相关的虫鸣与梧桐叶互相关联起来，也隐喻了生活的某种真相：万事万物互相作用，结果未必随人心意，似乎暗示了目前境况是由某种意料之外的事情所造成的。景物描写已经营造了一种低沉哀婉的情绪，紧接着“正人间天上愁浓”句将视线由人间景物引向天上。这一视角的转换，将词作思维由现实世界转向了想象世界。

“云阶月地，关锁千重。”这个想象世界就是天宫。天宫以月亮为地面，以云彩为台阶，多么恢宏缥缈，仙气缭绕啊，但是天宫的门却重重闭锁。两句词之间的转折意义，突出了再华美的房舍一旦失去了自由，没有了亲人爱人的团圆，也是冰冷禁锢的所在。似乎也象征作者自己虽处华屋却身不由己的境况。

“纵浮槎来，浮槎去，不相逢。”作者接着想象，因为天宫紧闭，所以即使牛郎乘着传说中能够出入银河的木筏，也无法和织女相遇。这里用了典故。张华《博物志》记载，天河与海相通，每年八月有浮槎，来往从不失期。有人矢志要上天宫，带了许多吃食乘浮槎而往，航行十数天竟到达了天河。此人看到牛郎在河边饮牛，织女却在很遥远的天宫中。

上阕由七夕时节夏末秋初的人间之景联想到天宫之景、牛郎织女之别。这些都是背景信息。七夕是牛郎织女一年中唯一一天团聚的日子，虽然分别伤感，但珍贵的团聚亦为苦难中的至喜。然而作者似乎并不感到喜悦，她在下阕接着写道：

“星桥鹊驾，经年才见，想离情别恨难穷。”作者似乎终于想到了七夕是有鹊桥相会的，可是她的笔调仍然是冷淡、无奈、伤感的：虽然有鹊桥，可是一年才搭一次，猜想这一年又一年的相思离愁一定是无穷无尽的吧，绝不是一天的相聚可以稀释的。牛郎织女是否这样想已经不重要了，作者的想法才是自我情感的投射。经年的分离，不知何日才能团聚，纵使偶有团聚也无法释怀浓重的愁情。写作这首词的时刻一定是李清照情感的低潮期：她孤独，而且孤独了很久；她盼望团聚，却似乎无望团聚；七夕别人都团聚了，即使是天上的牛郎织女都要团聚了，她还是独自一人。每逢佳节倍思亲，她已经过了一个又一个佳节了，思亲的程度也越来越浓，而希望却越来越小了。

“牵牛织女，莫是离中。”抬头看看天上的牵牛星和织女星，仍然遥遥相对，处在分离之中。此时作者又由想象世界回到现实世界。立足地球望向夜空，那明亮的双星并没有聚在一处，为什么呢？

“甚霎儿晴，霎儿雨，霎儿风。”作者继续发动联想和想象。不能团聚可能是因为天气不好呀，一会儿晴朗一会儿刮风一会儿下雨的，牛郎织女的团聚也黄了。作者一连用三个“霎儿”，强烈表现了天气的变化莫测、阴晴不定。这真是一个悲伤的故事，作者竟然篡改了传说故事的结局。这个结局将牛郎织女两个人的团聚置于天气这种不受控制的大环境中，这样的构思是因为作者自己对现实时局大环境的担忧。牛郎织女在七夕这一天无法团聚的结局也类比了李清照赵明诚天各一方、不知何时相逢的现实，想象与现实再次合一。

这首词写作的时间大约是在李清照因为父亲党争问题的牵连而被迫离京，和丈夫赵明诚处于离居状态的时候。这种分离是被迫的、完全意料不到的，何日能够团聚不是他们能够决定的，因此处在一种哀伤痛苦的无力之中。新婚小家庭的温馨被卷入了政治时局之中，没有人在乎她的“小幸福”。从这首词中我们可以读到熟悉的离愁，也可以读出对时局的担忧。李清照词的内涵随着她经历的丰富加深了。

本讲小结

描写重阳节思亲访友、描写七夕传说和七夕节相思的作品，历代诗词中都有很多。李清照写这两个节日，写的也是她一贯思念的对象——远游在外的丈夫。

丈夫一旦离开她，李清照一个人的生活似乎就是“没意思，没心情”，佳节相思，思念加倍。

诗文链接

“牛郎织女”的民间传说

1. 先秦时代，还没有牛郎织女的传说，牵牛星、织女星只是天上的两颗星辰。《诗经·小雅·大东》是一首怨刺统治者的诗，最后三段列举织女、牵牛、启明、长庚、南箕、北斗等众星，借它们的名不副实讽刺统治者不做实事。其中，指出织女星应该负责织布，牵牛星应该负责拉车，而且二者都处于天汉（银河）中。这为后来二星转化成人的传说奠定了基础。

诗经·小雅·大东

……

或以其酒，不以其浆。鞙鞙佩璲，不以其长。维天有汉，监亦有光。跂彼织女，终日七襄。

虽则七襄，不成报章。睆彼牵牛，不以服箱。东有启明，西有长庚。有捄天毕，载施之行。

维南有箕，不可以簸扬。维北有斗，不可以挹酒浆。维南有箕，载翕其舌。维北有斗，西柄之揭。

2. 两汉时期，牵牛、织女二星逐渐人形化，并发展出爱情故事，牛郎织女的传说渐露雏形。产生于汉末的《古诗十九首》里就有一首抒写牛郎织女夫妻分离的诗歌，是牛郎织女传说在文学中较早的体现。

古诗十九首（其十）

迢迢牵牛星，皎皎河汉女。
纤纤擢素手，札札弄机杼。
终日不成章，泣涕零如雨。
河汉清且浅，相去复几许，
盈盈一水间，脉脉不得语。

3. 魏晋南北朝是牛郎织女传说进一步完善、扩散、分化，故事情节不断丰富，故事性也不断增强。

〔南朝梁〕殷芸《小说》：

天河之东有织女，天帝之女也，年年机杼劳役，织成云锦天衣，容貌不暇整。天帝怜其独处，许嫁河西牵牛郎，嫁后遂废织衽。天帝怒，责令归河东，许一年一度相会。

涉秋七日，鹊首无故皆髡，相传是日河鼓与织女会于河东，役乌鹊为梁以渡，故毛皆脱去。

4. 经过几千年的发展，牛郎织女传说的主要情节框架已被固定，这个凄美的爱情故事也广为人知、深入人心。我们来读一读叶圣陶写的《牛郎织女》，看看这个故事的"完成版"吧！

牛郎织女

叶圣陶

很久很久以前，有个孤儿跟着哥哥嫂子过日子。哥哥嫂子待他很不好，叫他吃剩饭，穿破衣裳，每天天不亮，就赶他上山放牛。他没有名字，大家都叫他牛郎。

牛郎照看那头老牛很周到。每天放牛，他总是挑最好的草地，让它吃又肥又嫩的青草；老牛渴了，他就牵着它到小溪上游，去喝最干净的溪水。那头老牛跟他很亲密，常常用温和的眼光看着他，有时候还伸出舌头舔舔他的手呢。

一天晚上，牛郎走进牛棚，忽然听到一声"牛郎！"是谁叫他呢？回头一看，微弱的星光下面，原来是老牛在讲话。老牛说："明天黄昏的时候，你翻过右边那座山，山边有一个湖，湖边有一片树林。在树林里，你会遇到一位美丽的姑娘。可别错过了这个机会呀！"

第二天黄昏，牛郎翻过右边那座山，来到湖边的树林里。忽然，远处传来轻盈的欢笑声，牛郎循着笑声望去，只见湖边有几个姑娘正在嬉戏。过了一会，其中的一个离开伙伴，向树林走来。这姑娘是谁呢？原来她是王母娘娘的外孙女，织得一手好彩锦，名字叫织女，每天早晨和傍晚，王母娘娘拿她织的彩锦装饰天空，那就是灿烂的云霞。这天下午，王母娘娘多喝了几杯美酒，在宝座上睡着了。织女和众仙女见机会难得，便一起飞到了人间。

牛郎和织女在树林里相识了。交谈中，牛郎明白了织女的身份，织女也知道了牛郎的遭遇。织女见牛郎心眼儿好，又能吃苦，便决心留在人间，做牛郎的妻子。

从此牛郎在地里耕种，织女在家里纺织。两个人辛勤劳动，日子过得挺美满。转眼间三个年头过去了，他们有了一儿一女。

一天，牛郎去喂牛，那头衰老的牛又讲话了，眼眶里满是泪花。它说："我不能帮你们下地干活了，咱们快分手了。我死了以后，你把我的皮剥下来留着，碰到紧急的事，你就披上我的皮……"老牛话没说完就死了。

再说天上，王母娘娘知道织女下嫁人间，气得暴跳如雷，发誓要把织女抓回天庭，严厉惩罚。

一天，王母娘娘趁牛郎到地里干活，便带领天兵天将闯进牛郎家里，来抓织女。两个孩子跑过来，死死地抓住妈妈的衣裳，王母娘娘狠狠一推，两个孩子跌倒在地。王母娘娘拽着织女，一齐飞向天宫。织女一边挣扎，一边望着两个孩子大声喊："快去找爸爸！"

牛郎得知织女被王母娘娘抓走，心急如焚。可是怎么上天搭救呢？忽然，他想起老牛临死前说的话，便赶紧找出牛皮，披在身上，然后将一儿一女放在两个竹筐里，挑起来就往外跑。一出屋门，他就飞了起来。他越飞越快，眼看就要追上织女了。王母娘娘拔下头上的玉簪往背后一划，霎时间，牛郎面前出现了一条天河。天河很宽，波涛汹涌，牛郎飞不过去了。

从此以后，牛郎在天河的这边，织女在天河的那边，两人只能隔河相望。日子久了，他们就成了天河两边的牵牛星和织女星。

每年农历七月初七的夜晚，一群群喜鹊飞来，在天河上搭起一座"鹊桥"，让牛郎织女在桥上相会。每逢这一天，喜鹊也确实少了许多，据说他们都到天河那儿搭桥去了。

玩味易安词

1. 诗词行家

《醉花阴·薄雾浓云愁永昼》中，"醉花阴"是本词__________。整首词共计_______字，属于_________（小令/中调/长调）。共有__________阕，故称__________。

《行香子·草际鸣蛩》中，"行香子"是本词______。整首词共计______

字，属于__________（小令/中调/长调）。共有________阕，故称__________。

2. 我问你答

古人称写词为"填词"，因为要依曲调填文字。词牌就是曲调的名称，一般和词作内容无关，但有时也会巧妙地契合主题。你觉得《醉花阴·薄雾浓云愁永昼》的词牌和词作内容有没有某种契合？

3. 音韵和谐

请圈出这首词的韵脚。《醉花阴·薄雾浓云愁永昼》押____________韵。

薄雾浓云愁永昼，瑞脑消金兽。佳节又重阳，玉枕纱厨，半夜凉初透。

东篱把酒黄昏后，有暗香盈袖。莫道不销魂，帘卷西风，人比黄花瘦。

4. 同步拓展

《行香子·草际鸣蛩》中"甚霎儿晴，霎儿雨，霎儿风"是北宋当时语言中浅白的口语。易安词常用口语，使词作更加平易近人，活泼生动。你还能从已经学过的词中举出一个例子吗？

5. 创意写作

如果你是赵明诚，接到了妻子的这首词来信，你会如何给她回信呢？

6. 比较阅读

（1）请阅读下面这首诗，分析它和李清照《醉花阴·薄雾浓云愁永昼》在描写的景物、叙述的事情、抒发的情感上有何不同。

过故人庄

〔唐〕孟浩然

故人具鸡黍，邀我至田家。

绿树村边合，青山郭外斜。

开轩面场圃，把酒话桑麻。

待到重阳日，还来就菊花。

描写的景物：________________

叙述的事情：________________

抒发的感情：________________

（2）郭沫若《天上的街市》和李清照《行香子·草际鸣蛩》中都想象了天上的牛郎织女在银河相会的故事。比较他们想象的结局有何不同。你更喜欢哪种结局？

天上的街市

郭沫若

远远的街灯明了，
好像闪着无数的明星。
天上的明星现了，
好像是点着无数的街灯。

我想那缥缈的空中，
定然有美丽的街市。
街市上陈列的一些物品，
定然是世上没有的珍奇。

你看，那浅浅的天河，
定然是不甚宽广。
那隔河的牛郎织女，
定能够骑着牛儿来往。

我想他们此刻，
定然在天街闲游。
不信，请看那朵流星，
那是他们提着灯笼在走。

第十讲　离情别恨

——花中一流，难敌现实无情

引言

在《鹧鸪天·桂花》中李清照一点儿也不吝啬对桂花的赞美，称赞其“自是花中第一流”。自况“女中一流”的豪情犹在耳边，这首《摊破浣溪沙·揉破黄金万点轻》也盛赞了桂花，却另有一重无奈。

摊破浣溪沙·揉破黄金万点轻

揉破黄金万点轻，剪成碧玉叶层层。风度精神如彦辅，太鲜明。

梅蕊重重何俗甚，丁香千结苦粗生。熏透愁人千里梦，却无情。

注释

风度精神如彦辅，太鲜明：《晋书·刘隗传》：“王夷甫太鲜明，乐彦辅我所敬。”彦辅，乐广，字彦辅，西晋名士。

苦：嫌弃。

翻译

那颜色淡黄、花瓣碎小的桂花看起来像星星点点的黄金，桂花树密密层层、青翠欲滴的叶子像是用碧玉裁剪而成的。桂花的形象俊美，它内在的气质、风度、精神也像西晋名士乐彦辅那样风流韵致，极为分明。

看梅花那重重叠叠的花蕊，真像一个只注重外貌打扮的庸俗女子，再看丁香花那簇拥在一起显得粗刺刺不舒展的样子，实在令人嫌弃。桂花的浓香把我从思念家乡的美梦中惊醒，实在是太无情了。

写法破译

衬托

本词在上阕由表及里地对桂花进行了一番赞美之后，下阕转入对梅花和丁香的批评，认为梅花庸俗、丁香不够舒展大气，更加显得桂花雅致高洁，与众不同。这首词的主题是咏桂花，梅花与丁香是词作中的配角，写它们的目的是为了烘托主角——桂花。

对象之间明显的主次之分是运用衬托这种写作手法的关键，比如法国作家左拉写过一篇短篇小说《陪衬人》，写富有的妇女租一个相貌丑陋的女人陪她一起上街，把自己的平庸之姿显得动人一些，这就是衬托。

诵读点拨

这是一首咏桂花的词。开头就从外在形貌和内在精神风度两个方面赞美了桂花，认为桂花外形美丽，气质高洁。这也是作者一直以来对桂花的欣赏态度。李清照咏桂花的词，不只这一首。在李清照还是待字闺中的名门闺秀之时，她就写过一篇咏桂佳作《鹧鸪天·桂花》，赞美桂花“自是花中第一流”“画阑开处冠中秋”，把桂花的姿容和品性看成是众花之魁首。这首词开始也是一层一层地把桂花的盛赞推高，但结局又转为埋怨。

“揉破黄金万点轻，剪成碧玉叶层层。”上阕开头两句便是对桂花形貌的直接描写，写桂花的花和叶——花朵淡黄而碎小，像揉碎的黄金星星点点，轻轻巧巧；叶子密密层层、青青葱葱，像翠绿的玉石裁剪而成。花朵和叶子配合在一起更加美丽雅致。没有鲜艳硕大的花朵，没有招展飘摇的叶子，只有清浅细碎的花朵和层叠青翠的叶子，桂花的外貌之美不是夺人眼球的绚烂，而是令人赏心悦目的舒服。

“风度精神如彦辅，太鲜明。”写完了桂花的外貌，接着由浅入深，写到桂花的内在气质。李清照说桂花就像西晋名士乐彦辅那样风流韵致，拥有十分鲜明的个人风格。于是上阕四句把桂花清雅不俗的外貌和高洁雅致的内在品格统一在了一起。桂花像一位高人逸士，有表里如一的洁雅。

"梅蕊重重何俗甚，丁香千结苦粗生。"上阕是对桂花的赞美，下阕该怎么写呢？作者笔锋一转，写到梅花与丁香。梅花与丁香并不是一无是处的花，尤其梅花，傲霜凌雪，香气馥郁，历来也是众多名家的称赞对象，甚至李清照自己也写过咏梅之作。但在这首词中，李清照提到梅花和丁香的目的并不是要顺便赞美它们，而是要用它们来衬托桂花的高贵雅致，于是她说她不喜梅花重叠的花蕊，不悦丁香簇拥在一起的花瓣。写花是为了写人，作者把梅花塑造得像一个只注重外貌打扮而没有心灵美的庸脂俗粉，把丁香刻画得如同一位出身低微忸怩小气的女子，它们的形象自然会更加凸显桂花高人逸士般的风雅之姿。到这里，作者仍然在不遗余力地赞美桂花。从桂花本身的美，到桂花比别的花还要美，我们感觉赞美的话语已经到了尽头，还要继续吗？

"熏透愁人千里梦，却无情。"作者没有停下批评的笔，把它指向了一直在赞美的桂花：桂花呀桂花，你什么都好，就是香气太浓了，把我的美梦熏醒了！对于离乡背井的我来说，每日都是忧愁的旅人，能够梦回故乡、梦见亲人是多么难得的幸福时刻，你却在此时用浓烈的香气把我熏醒，是不是太无情了呀！无情的岁月和生活让我无法欣赏你的美，只能恨你偏偏在此时侵扰了我的美梦。这两句看似批评，其实又在赞美桂花，它不仅姿容美好，还带着周身的芬芳。似怨实颂，既颂又怨。只不过表面怨的是桂花，其实怨的是无常的现实。

本讲小结

咏物诗词，有志之诗常常托物言志，表明自己要具有所咏之物所象征的那种品格和精神；有情之词常常寓情于物，用无情之物委婉抒写内心的情感。《摊破浣溪沙》这首词中，李清照就把一片思乡之情、思亲之苦、孤独之愁寄托在了这一片桂花上。这首小令，内容简单，词句浅白，但其间梅花丁香与桂花一俗一雅，对比鲜明，烘托有力。由花到人，李清照想说的是，无情的不是桂花，而是生活。

玩味易安词

1. 诗词行家

《摊破浣溪沙》，词牌名，是《浣溪沙》的变体，又名《添字浣溪沙》。整首词共计________字，属于__________（小令/中调/长调）。共有________阕，故称__________。

2. 比较对读

同样都是咏桂花之作，李清照的《鹧鸪天·桂花》与《摊破浣溪沙·揉破黄金万点轻》有何异同？

第十一讲　独遣时光

——她为什么对春景意兴阑珊了

引言

李清照喜爱明丽的美景，从少女时期到婚后都有记录春景春情的词作。但在这首《满庭芳·残梅》中她却对春景意兴阑珊了。到底是什么导致这样的转变？让我们一起走进她的词作和人生寻找答案吧。

满庭芳·残梅

小阁藏春，闲窗锁昼，画堂无限深幽。篆香烧尽，日影下帘钩。手种江梅渐好，又何必、临水登楼。无人到，寂寥浑似，何逊在扬州。

从来，知韵胜，难堪雨藉，不耐风揉。更谁家横笛，吹动浓愁。莫恨香消雪减，须信道、扫迹难留。难言处，良窗淡月，疏影尚风流。

注释

篆香：盘香。因其盘成篆字，故称。

何逊在扬州：唐杜甫《和裴迪登蜀州东亭送客逢早梅相忆见寄》："东阁官梅动诗兴，还如何逊在扬州。"何逊，南朝梁诗人，有《咏早梅》诗，诗题一作《扬州法曹梅花盛开》。

扫迹：扫除干净，不留痕迹。南朝齐孔稚珪《北山移文》："乍低枝而扫迹。"

翻译

小小的阁楼上摆放着一盆梅花，像把春天藏在了家里，平日不常开的窗户把白天锁在了外面，雕梁画栋十分幽静深长。盘成篆字的香烧尽了，太阳的影子慢慢移动到了帘钩之下，一天又要结束了。手植的江梅渐渐长成，又何必临水登楼去游赏呢？我现在的居所是无人拜访的地方，整天寂寞无聊，只能对着一盆梅花，就像当年何逊在扬州对梅花惆怅一样。

众所周知梅花的韵致与众花相比是最好的，但是也难以承受雨水的打击和狂风的揉搓呀。这时候加上不知道哪里飘来的笛声，更吹动了我心中的浓愁。不要怨恨梅花香气减淡，花朵像雪花一样纷纷凋落。要知道，即使花落之后难寻踪迹，它的情意也不会消失。我很难说出到底是哪一个夜晚，有着淡淡的月光，我坐在窗下，映着月光，看到梅花疏朗的身姿倒映在窗上，风流韵致，令人难忘。

写法破译

用　典

引用典故是诗歌的一种常见的表现手法，这些典故的基本特点是：

一、它们是诗人与读者共同的文化基础，类似于常识或简单的文化密码。

二、它们与诗词作品内容相关，情调一致。

三、它们拓宽诗作的内容含量和意境。比如此诗是一首抒发女子愁闷的作品，它的场景就在闺房的方寸之间，引入“何逊在扬州”，空间上拓展到了扬州，时间上回溯了到南朝，扩大的时空让个人的情感不再是一种孤立的小情绪，更能引起人们共鸣的共同情感体验。

诵读点拨

“小阁藏春，闲窗锁昼，画堂无限深幽。”词的开头描绘了一个女子居住的优美卧室，这是这首词特殊的抒情环境。古时候女子的卧室常常设在阁楼上，一方面让女子远离人群，避开男子，另一方面也给终日居家的女子更高的视野去观赏外面的景色。李清照的词常常就从这日日居住、熟悉得不能再熟悉的房间起笔。“小阁藏春”，阁楼中摆放着一盆梅花，就仿佛收藏了整个春天。这种情致，在今天也是常常有的，人们买一盆鲜花装点自己的屋子，仿佛给家里注入了生命和美。一株花与一个季节的美好，都体现了作者对生活的热爱。“闲窗锁昼”，窗子是连接室内与室外的通道，打开窗子是对外界的好奇、期待；“闲”指的是久不使用，许久未开的窗子表明一颗闭塞的、缺少了热情与爱的心灵。“闲窗锁昼”，窗子把白天锁在了外面，也把阴沉昏暗锁在了里面。窗子一般并不上锁，心却可以上锁，窗子并不能真的锁住什么，心上了锁却能锁住一切。两句话已经矛盾，明明爱着春天，为什么不打开窗子极目饱览呢？却只守着一盆花，把这盆梅花当作春天的象征。“画堂无限深幽”，内寝外是厅堂，虽然有着精美的装饰，但看起来却那么幽深漫长，仿佛走不到头。

“篆香烧尽，日影下帘钩。”从李清照的许多词中我们可以知道她的一个居住习惯是喜用熏香，并且熏香的器具也充满美感，比如“瑞脑消金兽”（《醉花阴》）、“香冷金猊”（《凤凰台上忆吹箫》）。这里用的香是盘成篆字的香，这种香的形状反映了女主人的书香之气。香烧尽了，太阳的影子从帘钩上移动了下去，这些都意味着时间的流逝——一天过完了。这几句词，描绘了闺阁的沉闷景象，也烘托了女主人生活的无聊、心思的懒怠惫散。

“手种江梅渐好，又何必、临水登楼。”明明春景正好，明明爱着春天，为什么不走出家门融入春色呢？因为作者亲手培植在花盆中的江梅品种良好，日渐开放，已经非常美好了，又何必舍近求远地临水登楼去观赏呢？词作前几句隐含着问题，此处自然地回答，我们不得不说李清照写词用语凝练，与读者的交流亲切自然。她知道读者读后会有什么样的疑问，又在读者疑问时及时回答。那么她的回答是真心话吗？

“无人到，寂寥浑似，何逊在扬州。”作者接着说，自己现在居住的地方无人拜访，寂寞寥落好像当年何逊在扬州对花惆怅一样。所以呀，并不是真的手植江梅比出外观赏更好，而是无人相伴，出门去只会更加惆怅，还不如待在家里赏玩。这曲曲折折的诉说，都在表达着她难言的孤独、伤感与惆怅。想要倾吐满腹苦闷，然而说了却无益于改善生活，在这矛盾中只好说说江梅吧，说说手植的与临水的哪个好。十分有“而今识尽愁滋味，欲说还休。欲说还休，却道天凉好个秋”的况味！将自己与何逊类比，这个典故出自杜甫《和裴迪登蜀州东亭送客逢早梅相忆见寄》：“东阁官梅动诗兴，还如何逊在扬州”。何逊是南朝梁诗人，因有《咏早梅》而闻名，何逊和梅花已经成为诗歌上一对并列出现的意象。这是古代诗人词人们的共同文化基础，杜甫用过，李清照用着。

上阕写了女主人公在春天面对着家中培植的上等梅花，却因为生活的孤寂而对花惆怅。如果说上阕是词人的自怜自伤，是词人专注于“有我之境”的话，那么下阕就是通过对梅花的共情，来表达了更深更浓的惆怅。

“从来，知韵胜，难堪雨藉，不耐风揉。更谁家横笛，吹动浓愁。”下阕的第一重惆怅是看到韵致甚好的梅花无法承受风吹雨打的狼藉之状。比美更打动人的是美受到破坏和毁灭。第二重惆怅是此时不知从哪里飘来的笛声，勾起了词人更深的愁绪。李白在《春夜洛城闻笛》中道：“谁家玉笛暗飞声，散入春风满洛城。此夜曲中闻折柳，何人不起故园情。”这一天李清照听到的笛声在吹奏什么曲子我们无法知道，但可能也是一首哀怨又悠扬的乐曲。

从梅花狼藉的视觉感受到笛声哀怨的听觉感受，这里词人的惆怅更加饱满了。接下去该怎么写呢？词人在情感流线上转了一次舵：“莫恨香消雪减，须信道、扫迹难留。”词人与梅花的共情递进到了第二个层次，她开始为梅花辩解：不要怨恨梅花在承受风雨之后香气减淡、像雪花一样纷纷凋零呀，要知道，即使花落之后，它的情意也不会消失。这也是词人的自我宽慰，词人从一盆梅花里看到了自己的人生，人生困境里的孤寂落寞确实令人惆怅，但是希望和情义不会消失。

“难言处，良窗淡月，疏影尚风流。”这三句有两种翻译和理解：一、说不出到底是哪一个夜晚，有着淡淡的月光，词人坐在窗下，映着月光看到梅花疏朗的身姿倒映在窗上，风流韵致，令人难忘。二、想象未来的某一个夜晚，有着淡淡的月光，词人又看到梅花疏朗的风姿映在美丽的窗上。这两种理解一个注目于过去梅花盛放、月下临窗的美好回忆，一个着眼于未来的某一天梅花再开放的美景。支撑李清照走过漫长独居岁月的力量是什么？这三句词也许就是回答：对人生中所有美好时刻的珍藏、欣赏和盼望。尽管人生有风雨，甚至有时让人承受不住，但是那些美好的回忆、珍贵的经历、对未来不灭的希望都是贮存在心灵深处的慰藉和力量。

本讲小结

少女时期的李清照热爱春景，无忧无虑地赏玩着美好的事物。然而《满庭芳·残梅》中窗外正有明媚的春光，窗内还有品相上佳的江梅，作者却意兴阑珊，慵懒倦怠，只能与何逊的惆怅苦闷共鸣一番罢了。“难言处，良窗淡月，疏影尚风流。”虽然饱尝人生患难，但仍然要活得像这良窗淡月下的梅花一样，风流韵致、高雅不凡。这是李清照的孤独时光。

诗文链接

咏早梅

〔南朝梁〕何逊

兔园标物序，惊时最是梅。
衔霜当路发，映雪拟寒开。
枝横却月观，花绕凌风台。
朝洒长门泣，夕驻临邛杯。
应知早飘落，故逐上春来。

和裴迪登蜀州东亭送客逢早梅相忆见寄

〔唐〕杜甫

东阁官梅动诗兴，还如何逊在扬州。
此时对雪遥相忆，送客逢春可自由。
幸不折来伤岁暮，若为看去乱乡愁。
江边一树垂垂发，朝夕催人自白头。

玩味易安词

1. 下列对这首词中语句的理解，不正确的一项是　　（　　）

A. “小阁藏春，闲窗锁昼”的意思是：美好的春光和充满生气的白昼，都被藏锁起来。

B. “难堪雨藉，不耐风揉”的意思是：不管狂风还是暴雨，梅花都巍然挺立，傲然不屈。

C. “须信道、扫迹情留”的意思是：一定要相信，即使梅花开败，它的情韵也长留人间。

D. “良宵淡月，疏影尚风流”的意思是：梅花的姿影会在美好的月夜显出独有的俊俏。

2. 下列对这首词的赏析，不正确的两项是 （　　）

A. 上片首先描写深暗的环境，然后抒赏梅之情，发寂寞之感。

B. 下片转而写风、雨、笛声、冬雪、月夜，已不再着笔于梅花。

C. 全词写出了作者在冷清寂寞之中所产生的深切感伤之情。

D. 词中的梅花衬托出词人恶劣的生活环境，体现了作者自强不息的精神。

E. 本词使用“又何必”“从来”“尚”等虚词，转折达意，呼应传神，跌宕多姿。

3. 下列诗句中梅花的形象，与其他三项不相同的一项是 （　　）

A. 虬枝凌寒，独傲冰峰艳。

B. 自古承春早，严冬斗雪开。

C. 疏影横斜水清浅，暗香浮动月黄昏。

D. 雪虐风号愈凛然，花中气节最高坚。

4. 创意写作

在大部分诗人的笔下，梅花都是傲霜凌雪耐严寒的坚强形象，而在李清照的《满庭芳·残梅》中的梅花却是“难堪雨藉，不耐风揉”。千百年来，梅花作为一种精神象征已经深深植入中国文化的血脉中。人们赏梅、咏梅、评梅、画梅，用梅花寄托怀抱、陶冶情操。请结合你的文化积累，任选一个角度，谈谈你心目中的梅花。

第十二讲　相聚失望

——李清照婚姻的第三阶段：从相信到不相信

引言

多愁善感的李清照对丈夫的爱和依恋是显而易见的，每一次离别对她来说都是痛苦的。她的婚姻生活从最初的美满，到分离初期的体谅信任，到难以消散的终日苦闷，再到充满了灰心失望。

凤凰台上忆吹箫·香冷金猊

香冷金猊，被翻红浪，起来慵自梳头。任宝奁尘满，日上帘钩。生怕离怀别苦，多少事、欲说还休。新来瘦，非干病酒，不是悲秋。

休休，这回去也，千万遍《阳关》，也则难留。念武陵人远，烟锁秦楼。惟有楼前流水，应念我、终日凝眸。凝眸处，从今又添，一段新愁。

注释

金猊(ní)：狮形铜香炉。

宝奁(lián)：华贵的梳妆镜匣。

干：关涉。

阳关：歌曲名，即《阳关三叠》。唐王维《送元二使安西》："渭城朝雨浥轻尘，客舍青青柳色新。劝君更尽一杯酒，西出阳关无故人。"后人据此诗谱成《阳关三叠》，为送别之曲。

也则：依旧。

武陵人远：北宋韩琦《点绛唇》："武陵凝睇，人远波空翠。""武陵"，在宋词、元曲中有两个含义：一是指陶渊明《桃花源记》中的渔夫故事；一是指刘义庆《幽明录》中的刘、阮故事。[1]此处借指爱人去的远方。

烟锁秦楼：南唐冯延巳《南乡子》："烟锁秦楼无限事。"秦楼，即凤台，相传春秋时秦穆公女弄玉与其夫萧史乘凤飞升之前的住所。

翻译

狮子造型的铜炉里熏香已经冷却，乱摊在床上的被子翻卷起红色的波浪，清晨我强撑着起了床，但整个人还是慵懒倦怠，无心梳妆。梳妆匣落满了灰尘，太阳光都照到帘钩了，任由时间过去。最害怕分别时刻的痛苦情绪，面对着爱人多少心事想一吐为快却难以开口。最近一段时日身体日渐消瘦，既与过量饮酒伤身无关，也不是因为悲秋。

此次离别，那些深情话别、缠绵苦留就算了吧，即使把《阳关三叠》唱千万遍，终究还是难以挽留。你像武陵人离开桃花源一去不回，我这里凤去楼空只留下烟雾紧锁空楼。我整天对着楼前流水望眼欲穿、感叹流泪，恐怕也只有楼前的流水能感念我每天钟情的眼神吧。从今往后，我凝望的眼神里又多了一段新愁。

写法破译

用　典

用典是诗词常法，有直接引用和变化使用之别。这首词中，有直接引用，如"千万遍《阳关》，也则难留"，引用《阳关三叠》这一送别曲。此曲一出，离别情绪即现："千万遍"唱起《阳关三叠》也留不住你啊，我的爱人。把离别时刻难舍难分的情状、女主角缠绵悱恻的挽留之情抒发得淋漓尽致。

这首词中，更重要的用典方法是化用典故，如"念武陵人远，烟锁秦楼"，这里的"武陵人"和"秦楼"就是两处化用典故。

"武陵人"的典故出自陶渊明的《桃花源记》，讲的是一个以捕鱼为业的武陵人意外发现桃花源，得到桃花源居民款待之后离去，再访而不得的故事。这个故

---

① 沈祖棻：《宋词赏析》，上海古籍出版社，1980 年 3 月。

事本意与爱情完全无关，武陵人也不符合一去不归的人物形象，故事中他想再次寻访却再也找不到入口。但武陵人的“负心”“背叛”却符合女主角对男主角的埋怨情绪。故事中桃花源人避世而居，他们善待偶然进入的武陵人，并在分别时叮嘱他不要把这个地方告诉外人，然而武陵人一出去便告诉了太守，并带人寻访。因此，“武陵人远”，这个“远”不仅指分别之后山重水隔、路途遥远，更重要的是指两颗心的疏远。这首词写作于青州时期，据陈祖美《李清照简明年表》：“公元1118至1120年（重和元年至宣和二年），这期间赵明诚或有外任，清照独居青州。是时明诚或有蓄妾之举。作《点绛唇》《凤凰台上忆吹箫》等。”面对丈夫的移情别恋，多愁善感的李清照不能不感到灰心丧气，心生埋怨。这一典故的化用正幽暗地表明了作者苦涩的心情。“武陵人”典故还有一个出处，即南朝宋刘义庆编著的《幽明录》中“刘阮遇仙”的故事，刘晨、阮肇两人在山中迷路，邂逅两位仙女与之共度半年，然而下山后发现世间已过数百年。这个故事后世演为“刘阮误入桃源”剧本，因此也以“武陵人”称之。这个典故的两个出处都是被善待的误入者负心离开的故事，因此不用纠结于出处到底是哪一个，重点是这个典故表达了何种情感。

“秦楼”源于传说，相传秦穆公的女儿弄玉善于吹笙，有一天她正奏出美妙的笙乐时，一位叫萧史的神仙吹着箫与她会合，他们的笙箫之乐在空中盘桓缠绕。后来他们结为夫妻，秦穆公专门为他们修筑高台，弄玉改学吹箫，二人合奏出神入化，引来凤凰，于是他们乘着凤凰登仙，从此凤台人去楼空。这个典故确实是一个爱情故事，但李清照词中并没有出现这个故事美丽圆满的结局。典故本身是二人双双离去，词中化用为爱人离去，女主角独守空楼。将一个圆满的爱情故事化用为结局离别不能再聚的悲剧，再一次表现了李清照对爱情的失望。此外，词牌名一般规定词作的字数、句数、句子长短、曲调等，与词作内容情感无关，而这个典故却与本词词牌名《凤凰台上忆吹箫》暗合，弄玉萧史二人离去，留下无数的后人空对着凤凰台凭吊回忆，此情此景也恰似爱人离去后独守空房的李清照。

下阕连续三处用典，引用与化用并举，使词人的离别情感渐趋浓烈。语言精炼独到，感情幽深耐人寻味。

诵读点拨

本词上阕描写的是离别前的愁苦情状。从一天的开始——早晨、床塌起笔：室内已经冷却的熏香、散乱的被子、女主人公慵懒的姿态和蓬松的妆发、落尘的妆匣、帘钩上的日影，这些意象集合成一幅颓废、惫懒、消极、缺乏活力的闺房画面。紧接着词人就解释了造成这消沉氛围的原因："生怕离怀别苦"。原来是因为害怕即将到来的离别，心绪都充满了欲说还休的愁闷。最近越来越瘦，不是因为喝酒伤身，不是因为悲秋感怀，那只能是因为离别愁苦了呀。

上阕多次出现易安词中的常见意象：熏香、日影帘钩、身瘦。熏香，勾勒了作为贵族妇女和才女的李清照的优越生活环境和情调。熏香从嗅觉上对居室有一种笼罩感，与李清照被某种难以挣脱的情绪所笼罩类似。同时，熏香的雾气使室内空间氤氲、模糊、不明朗，更加剧了情绪的笼罩感。日影帘钩，太阳升起便照上帘钩，太阳落下光影便从帘钩上移下，日影帘钩对于作者来说就像一个报时器。被情绪笼罩着的李清照，无心他顾，只见一天开始了、过去了，她的时间与空间都被笼罩在这种消极而又顽强的情绪中。身瘦，这一意象不是李清照的专利，柳永就有名句"为伊消得人憔悴"。为心爱的人或事物牵肠挂肚，这不仅是精神上的折磨，还会影响身体的健康，最直观的反映就是身材变瘦。这些意象都强调了李清照对赵明诚的爱和为爱所苦的困境。

下阕描写的是离别后的伤感。这不是第一次离别，离别已经成了家常便饭，每一次离别都会上演一出难舍难分、缠绵悱恻的话别与饯行，以至于女主人公都厌倦了：话别再缠绵又有什么用呢？唱一万次离别曲，也挽留不了一次。算了吧，这次我不再挽留了。然而不再话别，不代表不会伤心。离别后，女主人公还是很伤心。她怕爱人像武陵人一样离开桃花源就再也不回来，她怕爱人像萧史离开凤台，徒留自己一人独守空楼。她终日只能对着楼前的流水寄托思念，不知道爱人能不能感应，也许只有这楼前流水感念她凝望的眸子。而她凝望的眼眸里，从此以后又多了一段新愁。

新愁的内容是什么？这首词透露了李清照为爱所苦的困境，幽暗地表明了作者苦涩的心情。这首词写作于青州时期，据陈祖美《李清照简明年表》："公元 1118 至 1120 年（重和元年至宣和二年），这期间赵明诚或有外任，清照独居青州。是时明诚或有蓄妾之举。”面对丈夫的不专一，李清照不能不感到灰心丧气，心生埋怨。从“休休”这一对话别挽留的行为持“算了吧”的态度，到对水凝眸、再添一段新愁，看得出作者在相聚的失望与思念的执着之间反复纠结。以往离别，思念即可，相信他会回来的。现在离别，一边思念依旧，一边又带着自我怀疑与否定：思念又有何益，爱情未必会回来。这便是“新愁”里的含义。

本讲小结

政治风波中的李父与赵父先后败落，对于整个家族来说是一种失败，但对于李清照来说，退居青州的十年却是夫妻厮守的美好时光。然而其间丈夫不时外出仕任，李清照要经常经历离别的痛苦。外任期间赵明诚还置有外室。李清照婚后无出，在“无后为大”的古代社会，这种情况下丈夫蓄妾并不是什么大事，赵明诚也未必是心灵层面的移情别恋，但对于李清照来说，这事仍然让她充满了对爱情的灰心和失望。以前分别，确信“一种相思，两处闲愁”，以后就不确定了。从《一剪梅》到《凤凰台上忆吹箫》，从相信到不相信，便是易安词中婚姻哀乐的走势。

诗文链接

桃花源记

〔东晋〕陶渊明

晋太元中，武陵人捕鱼为业。缘溪行，忘路之远近。忽逢桃花林，夹岸数百步，中无杂树，芳草鲜美，落英缤纷。渔人甚异之，复前行，欲穷其林。

林尽水源，便得一山，山有小口，仿佛若有光。便舍船，从口入。初极狭，才通人。复行数十步，豁然开朗。土地平旷，屋舍俨然，有良田美池桑竹之属。阡陌交通，鸡犬相闻。其中往来种作，男女衣着，悉如外人。黄发垂髫，并怡然自乐。

见渔人，乃大惊，问所从来。具答之。便要还家，设酒杀鸡作食。村中闻有此人，咸来问讯。自云先世避秦时乱，率妻子邑人来此绝境，不复出焉，遂与外人间隔。问今是何世，乃不知有汉，无论魏晋。此人一一为具言所闻，皆叹惋。余人各复延至其家，皆出酒食。停数日，辞去。此中人语云："不足为外人道也。"

既出，得其船，便扶向路，处处志之。及郡下，诣太守，说如此。太守即遣人随其往，寻向所志，遂迷，不复得路。

南阳刘子骥，高尚士也，闻之，欣然规往。未果，寻病终，后遂无问津者。

刘阮遇仙(《幽明录》)

〔南朝宋〕刘义庆

汉明帝永平五年，剡县刘晨、阮肇共入天台山取谷皮，迷不得返。经十三日，粮食乏尽，饥馁殆死。遥望山上，有一桃树，大有子实；而绝岩邃涧，永无登路。攀援藤葛，乃得至上。各啖数枚，而饥止体充。复下山，持杯取水，欲盥漱。见芜菁叶从山腹流出，甚鲜新，复一杯流出，有胡麻糁，相谓曰："此知去人径不远。"便共没水，逆流二三里，得度山，出一大溪，溪边有二女子，姿质妙绝，见二人持杯出，便笑曰："刘阮二郎，捉向所失流杯来。"晨、肇既不识之，缘二女便呼其姓，如似有旧，乃相见忻喜。

问："来何晚邪?"因邀还家。其家铜瓦屋，南壁及东壁下各有一大床，皆施绛罗帐，帐角悬铃，金银交错，床头各有十侍婢。敕云："刘阮二郎，经涉山岨，向虽得琼实，犹尚虚弊，可速作食。"食胡麻饭、山羊脯、牛肉，甚甘美。食毕行酒，有一群女来，各持五三桃子，笑而言："贺汝婿来。"

酒酣作乐，刘阮欣怖交并。至暮，令各就一帐宿，女往就之，言声清婉，令人忘忧。至十日后欲求还去，女云："君已来是，宿福所牵，何复欲还邪?"遂停半年。气候草木是春时，百鸟啼鸣，更怀悲思，求归甚苦。女曰："罪牵君，当可如何?"遂呼前来女子，有三四十人，集会奏乐，共送刘阮，指示还路。既出，亲旧零落，邑屋改异，无复相识。问讯得七世孙，传闻上世入山，迷不得归。至晋太元八年，忽复去，不知何所。

玩味易安词

1. 我问你答

用典的两种方式是：________________、________________。它们的区别是____。

请你说出这首词中三个典故。

(1) ____

(2) ____

(3) ____

2. 创意写作

倚楼怀人的思妇是“闺怨”题材诗歌中的常见主角。请你搜集相关诗歌，以时间为线，完成一篇《倚楼怀人的新境界——李清照词中的女主角形象》的文章。

第十三讲　人生问题

——李清照对终极归宿的豪放回答

引言

哲学上有三个大问题：我是谁，我从哪里来，我要到哪里去。迟暮之年，擅长写婉约词的李清照，用豪迈的笔调回答了“我要到哪里去”的人生大问题。这首《渔家傲》也是婉约派的李清照众多词作中最具豪情的词，富有“神峻”之美。

渔家傲·天接云涛连晓雾

天接云涛连晓雾，星河欲转千帆舞。仿佛梦魂归帝所。闻天语，殷勤问我归何处。

我报路长嗟日暮，学诗谩有惊人句。九万里风鹏正举。风休住，蓬舟吹取三山去！

注释

星河：银河。

帝：天帝。

学诗谩有惊人句：唐杜甫《江上值水如海势聊短述》：“为人性僻耽佳句，语不惊人死不休。”谩，空，徒然。

九万里风鹏正举：《庄子·逍遥游》：“鹏之徙于南冥也，水击三千里，抟扶摇而上者九万里，去以六月息者也。”鹏，古代神话传说中的大鸟。

蓬舟：如飞蓬般轻快的船。

吹取：吹得。

三山：《史记·封禅书》：“自威、宣、燕昭使人入海求蓬莱、方丈、瀛洲三神山者，其传在渤海中,去人不远。患且至则船风引而去。盖尝有至者,诸仙人及不死之药皆在焉。”

翻译

天色破晓,在晨雾迷蒙之中,海上的波涛、天上的云霞相接,连成一片。天上的银河依稀可见,天色渐明,星辰转灭,千百艘船的风帆追逐着浪花飘舞。我的梦魂仿佛又回到了天庭,听到了天帝善意的话语。他关心地问道:“你可有归宿之处?”

我回答天帝说人生旅途漫长,又感叹自己年华迟暮,这辈子学着作诗写词,尽管有几句妙语令人称道,却是空无用处。长空九万里,大鹏鸟正乘风展翅高飞。风啊,请千万别停歇,吹动这一叶蓬蒿般的轻舟,载着我直送往渤海中的三仙岛去!

写法破译

问　答

这首词里主要用了想象、用典、问答等手法。想象与用典在前面的几讲中我们已经说过了,此处不再赘述,读者们可以翻阅前文。这里我们重点破译此词中的“问答”。

“闻天语,殷勤问我归何处。”上阕最后一句是想象中天帝问“我”的问题,他关心地问“我”可有归处了。这个问题简单来看,可以有两层含义:一、这趟旅程你的归宿、目的地是哪里?二、这一生寻寻觅觅,你的人生归宿是哪里?

下阕都是对这两个问题的回答。“我报路长嗟日暮,学诗谩有惊人句。”路长、日暮,一个是空间的路途遥远,一个是可用时间已经不多,说的既可以是这一程的路途、这一天的日暮,也可以是人生长旅、年华迟暮。这辈子没有别的才能,就会学诗写词,尽管有几首妙词佳句,但对于自己的人生、社会也没有什么实际的用处啊!这个回答就是说,我今天的旅程没有归宿,我依然要漂泊在这片苍茫的水域中;这一生我的旅途也仍然没有归宿,倾尽一生的诗词事业并不是我的归宿，我将继续孤独地漂泊在人生的风浪之中。

“九万里风鹏正举。风休住，蓬舟吹取三山去!”刚才的回答令人沮丧，但李清照接着说：风浪又如何？大鹏鸟不正是借着直吹九万里的大风才展翅高飞、翱翔天空的嘛！大风啊，你千万不要停歇，将我乘坐的这艘小船径直吹送到三仙岛上去吧！我的归宿，不是家庭，不是事业，我的归宿是星辰、大海、仙岛、宇宙。得不到的小世界，到不了的小归宿，我不要了，我自有大天地。

将想象、用典集中在这与天帝的一问一答之中，李清照回答的是天帝的小问题，也是自己人生的大问题。

诵读点拨

本词作于李清照南渡之后。所描绘的海上风浪大作的情景，可能是南渡途中真实所见所感。根据《金石录后序》记载，宋高宗建炎四年(1130)春季，李清照曾在海上航行，历经惊风巨浪之险：

> 至靖康丙午岁，侯守淄川，闻金寇犯京师，四顾茫然，盈箱溢箧，且恋恋，且怅怅，知其必不为己物矣。建炎丁未春三月，奔太夫人丧南来……至东海，连舻渡淮，又渡江，至建康。

李清照南渡所行主要是水路。先到东海，“东海”在宋朝主要指的是山东一带的海域，可能是渤海，接着渡过淮河、长江，到达建康，也就是今天的南京。随着李清照一起南来的，还有她精简之后的金石收藏，一共15车。可以说在这一路水程上行进的是李清照的全部身家性命。

此行的身后是金兵进犯后的一片狼藉和再也回不去的故乡，眼前是一片风急浪高、风帆竞舞的景象，将到之处又是那么陌生疏离。面对短暂的夫妻分离都会流露出痛苦小女人情态的李清照，竟然面对这海天茫茫、国破人散、前景渺茫的现状一反常态地显露出豪情万丈！

这首词的整体思路是非常清晰的，从眼前所见的海上壮阔惊险的现实景象进入想象世界，然后由与天帝的问答交流进入自己的内心世界，解答自己这一生归向何处。

天接云涛连晓雾，星河欲转千帆舞。	现实海上景象
仿佛梦魂归帝所。闻天语，殷勤问我归何处。	想象世界
我报路长嗟日暮，学诗谩有惊人句。九万里风鹏正举。风休住，蓬舟吹取三山去！	我的内心回答：现实是人生无所依归，理念是归向广袤的宇宙、无垠的时间。

通过这首词，我们看到一个全面的李清照：对爱情患得患失，对命运坚强不屈。爱情里的弱女子，却是生活里的真强者。在人生的大问题上，她不会哭哭啼啼。

现实中国家动荡、夫妻离散，词人心中的仙岛定是另一番面貌。那是词人心中的桃花源。对理想世界永不放弃的追寻，便是李清照的终极归宿。这首词是擅长写婉约词的易安居士对重大人生问题的豪迈回答。

本讲小结

根据医学、心理学的研究，每个人身上都潜藏着双重性别的特质。著名心理学家荣格认为，所有男子的心中都潜藏着女性的特质，所有女子的心中都潜藏着男性的特质。这种潜藏的特质有的时候因为一个机会、一个因缘表现出来。对于李清照来说，能够把潜藏的男性特质在作品之中表现出来，有两个因素：第一是小的时候所受的教育。李清照年幼时跟着父亲读书，得到了比较好的文化教育，而古代的文化教育基本就等同于给男人的教育，所以她受到的是跟男子同样的教育，而非一般女孩受到的女德规训。第二是她自己的平生遭遇。很多文学家能够有所成就，不是遭遇了个人不幸，就是所处时代、家国不幸。李清照的不幸遭遇锻炼、扩大了她的视野和格局。李清照以深厚的学养、不幸的平生遭际造就了一个格局阔大的女人形象，也在众多的诗词中透露出她独立自主的人生意识：无论是大胆追求爱情、自况自勉要做“花中第一流”，还是在人生苦境中仍然豪情万丈要做人生的主人。

诗文链接

1. 通过这几讲我们对易安词的解读，你认为是什么支撑着李清照的人生意义？你是否想过自己的人生追求和意义是什么？尝试着与三五亲友交流。

罗素《我为什么而活着》(《罗素自传》序言)：“对爱情的渴望，对知识的追求，对人类苦难不可遏制的同情，这三种纯洁但无比强烈的感情支配着我的一生。”

2. 能振翅翱翔九万里高空的大鸟——鹏，已经成为中国人心中自由的象征。它无所挂碍，翱翔在天地之间，象征着高远的志向、豪迈雄壮的气魄。说一说，李清照词中的鹏与词人形象有何关联？

庄子·逍遥游(节选)

北冥有鱼，其名为鲲。鲲之大，不知其几千里也。化而为鸟，其名为鹏。鹏之背，不知其几千里也。怒而飞，其翼若垂天之云。是鸟也，海运则将徙于南冥。南冥者，天池也。《齐谐》者，志怪者也。《谐》之言曰："鹏之徙于南冥也，水击三千里，抟扶摇而上者九万里，去以六月息者也。"野马也，尘埃也，生物之以息相吹也。天之苍苍，其正色邪？其远而无所至极邪？其视下也，亦若是则已矣。且夫水之积也不厚，则其负大舟也无力。覆杯水于坳堂之上，则芥为之舟；置杯焉则胶，水浅而舟大也。风之积也不厚，则其负大翼也无力。故九万里，则风斯在下矣，而后乃今培风；背负青天，而莫之夭阏者，而后乃今将图南。蜩与学鸠笑之曰："我决起而飞，抢榆枋而止，时则不至，而控于地而已矣，奚以之九万里而南为？"适莽苍者，三餐而反，腹犹果然；适百里者，宿舂粮；适千里者，三月聚粮。之二虫又何知！

玩味易安词

1. 我问你答

(1) 用典

列举这首词中的典故。

(2) 想象

说一说你从这首词中读到了一个怎样的想象世界？

2. 同步拓展

问答，或曰设问，是诗歌常用手法。请据本讲所学，迁移解读下一首诗歌。

望　岳

〔唐〕杜甫

岱宗夫如何？齐鲁青未了。
造化钟神秀，阴阳割昏晓。
荡胸生层云，决眦入归鸟。
会当凌绝顶，一览众山小。

（1）这首诗中的问题是____。

（2）这首诗从哪几个角度回答？

3. 词中有画

这首词画面感很强，让人仿佛能看到现实的海上波涛云雾与想象中的天帝、鹏鸟、仙岛，还有独立船头的词女。你可以用你的画笔为本词配一幅画吗？

第十四讲　晚来风急

——多重打击后的人生晚境

引言

《声声慢》这一词牌最早见于宋朝，有多位词人写过多首该词牌的词，如吴文英、周密、张炎等。但是一提起《声声慢》，人们心中第一个浮现的还是李清照的“寻寻觅觅，冷冷清清，凄凄惨惨戚戚”。这首词不仅在情感内容上哀婉动人、感人至深，在词的精巧结构、语言艺术上也是登峰造极之作，可以说李清照的这首词已经成了《声声慢》词牌的代表作。

声声慢·寻寻觅觅

寻寻觅觅，冷冷清清，凄凄惨惨戚戚。乍暖还寒时候，最难将息。三杯两盏淡酒，怎敌他、晚来风急？雁过也，正伤心，却是旧时相识。

满地黄花堆积。憔悴损，如今有谁堪摘？守着窗儿，独自怎生得黑？梧桐更兼细雨，到黄昏、点点滴滴。这次第，怎一个愁字了得！

注释

将息：休养调理。

敌：对付，抵挡。

损：表示程度极高。

生：语助词。

梧桐更兼细雨：唐白居易《长恨歌》：“秋雨梧桐叶落时。”

次第：光景，情形。

翻译

一整天我都在寻寻觅觅，想要找回失去的一切美好，然而回应我的只有周遭的清冷惨淡，我不由感到极度的哀伤凄凉。乍暖还寒的秋季最难以调养身体。喝上两三杯淡酒又怎能抵御傍晚时候的冷风呢？南飞的大雁刚刚飞过，我却伤心地发现竟是旧日相识的那只。

菊花堆积在院中地上，而我忧伤憔悴早已无心赏花，如今还有谁能采摘呢？静坐窗前，自己一个人怎么熬到天黑呢？细雨淋沥梧桐，直到黄昏时分那雨声还点点滴滴。此情此景，一个愁字怎么说得完呢！

写法破译

首句七叠

从《诗经》开始，叠词就常见于中国诗歌中。但在一首词的首句中全是叠词，用十四字构成七叠是十分罕见的。

从内容意涵上来说，十四字七叠呈现了三重境界：

1. “寻寻觅觅。”从动态起笔，写主人公四处寻找的样子。找什么没有明说，而更值得追问。令人割舍不下四处寻找的一定是美好的、重要的东西。可能是在家中到处搜寻一件遗失的物品，也可能是在心灵中寻找一切已丢失的美好，也可能是二者兼有，由寻找一件旧物进而引发对记忆中美丽往昔的寻觅。寻觅的目的是明确的，但方向却很迷乱，知道要找的是什么却总是找不到，这种迷惘的状态令人焦虑不安。

2. “冷冷清清。”这是寻觅的结果，什么都没有找到，停下来时回应主人公的只有冷清凄厉的环境。“寻寻觅觅”定睛的是过去，是回忆，“冷冷清清”注目的则是现实，是当下。现实的冰冷告诉她不必再寻。这种寻而不见、爱而不得的状态令人失望无奈。

3. “凄凄惨惨戚戚。”这也是寻觅的结果，从现实层面进展到心灵层面的结果。寻不到了，连这一点找寻的忙碌、念想都没有了，内心深处凄惶悲惨、凄伤不堪。

还有一点值得注意，词是要合音乐歌唱的，李清照本人在《词论》中特别指出“音乐性”是词的本质属性。李清照在理论和实际创作中都坚持这一点。这十四个字七个叠词的声母在音韵上都属于唇音、半舌音或齿头音，即都用嘴唇或舌尖前部发音，因而读起来是柔软叮咛的轻柔口吻。这七个叠词一开篇便将整首词笼罩在了一种女性的温软、幽怨、低沉的氛围中。

诵读点拨

这首词可以说是李清照词作中最为悲凉的一首。此时的李清照已经不再是“争渡，争渡，惊起一滩鸥鹭”的天真少女，不再是“云鬓斜簪，徒要教郎比并看”的幸福小女人，也不再是“一种相思，两处闲愁”的思妇。李清照的人生发生了什么？这首诗为什么如此悲凉？

国破的伤感

靖康二年(1127)四月，金军攻破东京(今开封)，俘虏了宋徽宗、宋钦宗父子及大量皇族、妃嫔与贵卿、朝臣等三千余人，押解北上，东京城中公私积蓄为之一空。这就是导致北宋灭亡的靖康之难。北宋的灭亡在宋人心中是一种深刻的耻辱，是对宋朝全部国民自尊的伤害。南宋大将岳飞在《满江红》中怒吼：“靖康耻，犹未雪，臣子恨，何时灭！”

家亡的伤痛

本词作于李清照南渡之后，此时家乡已在金军铁蹄之下，她失去丈夫多年，一个人过着困苦潦倒的生活，年华渐逝，迟暮即临。此时的李清照，背后是国破家亡，面前是寂寞独居的生活。

南渡的流离

南渡过程中丈夫赵明诚去世，李清照一路艰难辗转，奔波劳苦，他们共同收藏的文物也在迁徙中遭遇了重大损失。此时，年近半百的李清照正承受着国破家亡、丧夫之痛与文物损失的多重打击，身心疲惫，心力交瘁。

再嫁婚变的打击

南渡之后，无依无靠的李清照遇到了当时担任右奉承郎监诸军审计司的张汝舟。张汝舟的官职不大，大概相当于军队里的财务审计。从李清照后来给翰林学士綦崇礼写的一封感谢信(《投内翰綦公崇礼启》)中我们可以知道，最初是张汝舟主动接近李清照的。那问题是李清照为什么会接受呢？归结起来，主要是两点：第一，如前所述，此时的李清照经历了国破家亡之痛，她现在特别需要感情的温暖，想从逃难的流离中稳定下来。第二，张汝舟虽然官职不大，才华也不突出，但他伪装成一个温柔体贴的“暖男”给予了正处于感情最脆弱时期的李清照最渴望的关心和温情。根据李清照给綦崇礼的信，张汝舟在最初接触她的时候，一直巧舌如簧、甜言蜜语，连他派来的媒人手里拿着的求婚文书，也是信誓旦旦，给了李清照一个幸福、美满、温暖的家庭伸手可得的幻影。可以说是这种幸福、稳定的生活幻影打动了李清照，所以她接受了张汝舟。

可是婚后不久，李清照便发现了张汝舟想娶的并不是自己，而是自己的金石收藏。张汝舟也发现了李清照的金石收藏并不如自己想象中的那么丰富、那么珍贵。于是两个人都觉得自己上当了。李清照不愿将自己的金石收藏交予张汝舟，张汝舟便露出了真实面目。李清照在《投内翰綦公崇礼启》中说：“视听才分，实难共处。忍以桑榆之晚节，配兹驵侩之下才。”意思是说，我们两个人根本就是两类人，处不到一块儿，我真后悔自己到了晚年，竟然把我这清清白白之身许配给了这么一个肮脏低劣的市侩。“驵”本来是贩卖牲口的牵客，“侩”是市侩，那就是说，张汝舟现在在李清照眼里就好比是牲口市场上贩卖牲口的市侩一样。这表明对李清照来说，张汝舟的才华不仅与自己不相匹配，品行更加令人无法忍受。这封信里还写道：“身既怀臭之可嫌，惟求脱去；彼素抱璧之将往，决欲杀之。”意思是，我再也不愿意跟这个满身臭气的家伙待在一块了，就快点让我离开他吧，我再不离开他，他老盯着我这些宝贝文物，哪天非杀了我不可。这说明为了得到李清照的财富，张汝舟对李清照有家庭暴力，甚至有生命威胁。

古代社会有一条潜规则就是家丑不外扬。在多数女人那里，丈夫打了自己也会隐忍不语。可是这条潜规则对李清照没用，只要婚姻生活没有感情的基础，只要丈夫不是想要的良人，只要生活到了无法忍受的地步，那她就要果断地结束这一切。李清照在结婚三个月后，便将张汝舟告上了官府，通过法律手段离了婚。

这场婚变闹剧，可以说是李清照晚年生活中最大的一次劫难，使原本就身心俱疲的李清照更加灰心失望。

流言的中伤

古代离婚一般都是由男人休掉妻子，很少由女方主动提出离婚。李清照的离婚案不仅由女方提出，而且是通过打官司的方式，这等于把自己的婚姻问题摆到了大众面前，这在那个年代实属不易。李清照毕竟是出身名门的大才女，以前的夫家和娘家都是社会名流，自己与前夫珠联璧合享誉当世，在丈夫死后的晚年，却出现了再嫁又迅速离婚的是非。不仅时人常讥，甚至一些比较著名的文人还用一种揶揄的口吻把这件事写进了自己的作品里。可以举个例子，胡仔在《苕溪渔隐丛话》中说："易安再适张汝舟，未几反目，有《启事》与綦处厚云：'猥以桑榆之晚景，配兹驵侩之下材。'中传者无不笑之。"翻译成白话就是，李清照跟张汝舟结婚，没过多久两人就反目成仇了，她在给綦崇礼的信里还说：'真可惜我这清清白白之身，嫁给这么一个肮脏污秽的市侩。'听到这话的人都止不住笑话她。

对于改嫁旋即离婚的闹剧，李清照在给綦崇礼的信里还写到自己感到非常羞愧。她也料想到了别人的讥讽，甚至后代人的非议。这一切都说明，李清照晚年的再嫁离婚案对她的名声造成了很大的不良影响。

从早年的繁华欢乐，到中年的离乱流落，再到晚境的凄凉悲惨，这一重重的打击、伤害都摧折着这位天才词女的心绪，也一步步扩大着她的胸怀和眼光，一点点滴落在词句的孤苦悲伤里。

本讲小结

李清照的第一段婚姻是和赵明诚结合的一段志趣相投、恩爱美满的婚姻。他们在婚姻里热烈地恋爱，出嫁后的李清照热切地依恋着自己的丈夫，短暂的分别也令她牵肠挂肚，这些我们都在前面几讲中已说过。但良家妇女直接热切地表达对爱情的追求，对男人（尽管他是自己的丈夫）的依恋，却可能触动一些人的神经。王灼的《碧鸡漫志》就批评李清照："自古缙绅之家能文妇女，未见如此无顾藉也。"拥有爱情时，她大胆热烈、毫无顾忌地歌颂爱情。

说到宋朝的社会文化不得不提理学家"二程"：程颢、程颐。《近思录》是记载宋朝主要理学家们的言行的书，其中有一处著名的问答，讨论丧夫女子是否可以再嫁：

> 又问："或有孤孀贫穷无托者，可再嫁否？"曰："只是后世怕寒饿死，故有是说。然饿死事极小，失节事极大。"

有人提出问题：假如一个女人丈夫死了守了寡，而且家里贫穷没有依靠，她可以再嫁吗？程子的回答，就是著名的论断"饿死事小，失节事大"。李清照正生活在这样的时代，而她却在丧夫后再嫁张汝舟，这是勇敢而独立的行为。我们从她选择走入第二段婚姻可以看出，她仍需要以感情为基础而走入婚姻。当然，也可以因为没有感情而走出婚姻。

李清照更加勇敢的行为是"离婚"。她在结婚后不久便发现了张汝舟的小人嘴脸。她的勇敢在于绝不凑合，马上离婚，甚至不惜下狱也要离婚。她绝不愿意与一个才华、品行与自己不相称的人苟且生活，她不会为了世俗名节而委屈后半生，更不会被艰难繁琐的离婚程序吓退。这些都反映了李清照自由自主地掌握着自己的人生命运。狭隘而霸道的理学作为主流意识形态可以主宰大多数女人的命运，但李清照是她自己人生的主人，她遵从内心的需要去选择爱情和婚姻。

拥有爱情时，她大胆热烈地歌颂爱情；没有爱情时，她也勇敢地走出婚姻。但是，勇敢程度并不总与人生平坦程度正相关，离婚虽然让李清照摆脱了不堪的第二段婚姻，但离婚的流言中伤和孤单的晚境也是她不得不面对的现实。《声声慢》就是在这样的现实处境和心灵真相面前的一曲悲歌。

玩味易安词

1. 表演感悟

请你表演一下“找东西——找很久——没找到”的情景。说一说这三种时刻的心理活动。

（1）______________________________

（2）______________________________

（3）______________________________

2. 创意写作

李清照生于1084年，卒于1155年。经历了一生的风雨历程，晚年的李清照如此孤苦。假如能寄一封信给千年前的李清照，你想对她说些什么？请以“易安，我想对你说”为话题，给李清照写一封信。（注意书信的格式。）

第十五讲　凝眸回首

——当她回首往事，载不动许多愁

引言

前面14讲我们学习了易安词的代表作，也通过这14讲回顾了李清照的一生。现在这首词是上篇的最后一首了，我们也跟随词作走到了李清照生命的末期。相信你也随着本书的学习和李清照成了朋友甚至知己。这最后一首词，就交给你来细致解读了！

武陵春·风住尘香花已尽

风住尘香花已尽，日晚倦梳头。物是人非事事休，欲语泪先流。

闻说双溪春尚好，也拟泛轻舟。只恐双溪舴艋舟，载不动许多愁。

注释

拟：准备，打算。

舴(zé)艋(měng)舟：两头尖如蚱蜢的小船。

翻译

这首词明白晓畅，我能直接翻译：

____

____

诵读点拨

我认为“__________”是词眼。这首词是作者绍兴五年(1135)春天避乱金华时所作。李清照在南渡之后，四处逃难，先奔赴绍兴，又达到杭州，然后向西到达金华才定居下来。几年的奔波离索使她备尝艰辛与痛苦。虽然“________”字在李清照前期后期的词里都经常出现，但我认为这首词中包含的情感内涵更加丰富。在这首词里我读到了多重的“__________”，它们是____________

____

____

____

____

本词心理情节跌宕起伏，词中李清照的心理过程是：

见到____

想到____

听说____

也打算______________________________________

害怕/担心/怀疑______________________________

我能画出李清照的心理路线图：

阅读拓展

《〈金石录〉后序》

《武陵春》是李清照后期回首往事的哀伤之作。在这首词里我们首先看到了熟悉的景物——花落尘香；熟悉的活动——溪上泛舟，但是“物是人非事事休，欲语泪先流”。这类似于晏殊“去年天气旧亭台”式的触景生情，却比他更加哀伤难过。一切都因为那不堪回首的往事。那么我们就从回忆来看看怎样的过去能带来如此浓重的哀愁吧！

我们可以参考阅读《〈金石录〉后序》。《〈金石录〉后序》虽然是一篇序言，但其自传性质的内核恰恰补充了李清照自叙角度的传记。浦江清先生曾指出："赵、李事迹，《宋史》失之简略，赖此文而传，可以当一篇合传读。故此文体例虽属于序跋类，以内容而论，亦同自叙文。"

李清照在十八岁时和赵明诚结婚，李长于文学，赵醉心金石，志趣相投。他们的婚后生活伴随着藏书考古、品画论诗。赵明诚退守青州莱州期间，政务清简，就与李清照一起考订金石，仿照欧阳修《集古录》的体例，编撰了《金石录》这部书，一共三十卷。这部书原本前面有赵明诚的自序，宋高宗绍兴二年(1132)，李清照作了这篇《〈金石录〉后序》。

《〈金石录〉后序》中，作者从 18 岁那年嫁给赵明诚开始叙述，看得出金石收藏与夫妻人生经历同时进展：当他们生活安稳时可以安心地量力收藏；当时局不安、亡国亡家亡夫亡物的悲剧相继上演后，个人的悲剧、家庭的悲剧、国家的悲剧也统统融于这一部《金石录》之中。

我们先来梳理一下《〈金石录〉后序》中的时间：

> 建中辛巳(1101)—后二年—屏居乡里十年—靖康丙午岁(1126)—建炎丁未(1127)春三月—建炎戊申(1128)秋九月—己酉(1129)春三月、夏五月、六月十三日、七月末、八月十八日、冬十二月—庚戌(1130)十二月—绍兴辛亥(1131)春三月、壬子—今日、绍兴二年玄黓岁(1132)壮月朔甲寅

通过上面的梳理，我们可以发现建炎这几年的事情特别多，叙述最详细，尤其是建炎己酉(1129)这一年——因为这一年是金石收藏的转折点，也是李清照人生的转折点，也是赵宋王朝的转折点。历史上的南渡事件发生在 1127 年，史上著名的"靖康之变"后，康王赵构在南京(今河南商丘)即皇帝位，改元建炎，建立南宋王朝。之后，南宋朝廷又在金兵的压迫下继续南迁，最后在绍兴二年(1132)落脚临安(今浙江杭州)。李清照详细叙述了南渡的路线、战事，以及途中丈夫去世、金石散佚等故事。文中既有对国土沦丧的痛惜，又有对丈夫英年早逝的痛惜，还有对金石大量散佚的痛惜！抒发了人间好物"得之艰而失之易"的感慨。李清照的南渡书写不仅是个人真实经历，更是北宋南渡历史难得的平民视角的历史叙事。

除却悲伤叹惋的基调，回忆中亦有温情的小事：

> 赵、李族寒，素贫俭。每朔望谒告出，质衣，取半千钱，步入相国寺，市碑

文果实归，相对展玩咀嚼，自谓葛天氏之民也。后二年，出仕宦，便有饭蔬衣练，穷遐方绝域，尽天下古文奇字之志。日就月将，渐益堆积。丞相居政府，亲旧或在馆阁，多有亡诗、逸史、鲁壁汲冢所未见之书，遂力传写，浸觉有味，不能自已。后或见古今名人书画、一代奇器，亦复脱衣市易。尝记崇宁间，有人持徐熙牡丹图，求钱二十万。当时虽贵家子弟，求二十万钱，岂易得耶！留信宿，计无所出而还之。夫妇相向惋怅者数日。

后屏居乡里十年，仰取俯拾，衣食有余。连守两郡，竭其俸入，以事铅椠。每获一书，即同共勘校，整集签题。得书、画、彝、鼎，亦摩玩舒卷，指摘疵病，夜尽一烛为率。故能纸札精致，字画完整，冠诸收书家。余性偶强记，每饭罢，坐归来堂，烹茶，指堆积书史，言某事在某书、某卷、第几叶、第几行，以中否角胜负，为饮茶先后。中，即举杯大笑，至茶倾覆怀中，反不得饮而起。甘心老是乡矣！

无论资财多寡，有人爱、有事做、有所期待的生活就是李清照记忆里最美的过去。

李清照前后迥异、起落极大的人生际遇，使她面对夫妇二人早年间积聚的金石在战乱中失散的经历时，能不被失物之琐事所限。李清照在行文中紧扣着历史背景，记录着时代风云，展现了广阔的生活内容，例如关系着国家兴衰的青州之乱、建炎剧变等在文中都有明确叙述。此后，金石文物遭劫的命运几乎与金兵把北宋都城劫掠一空同步。作者依其弟李远辗转多地避难，基本与宋高宗赵构的狼狈逃跑同路。因而，本文表面上写的是金石书画失散的情形，却令读者看到了时代的灾难、王朝的风雨飘摇、普通人的痛苦和无奈。

读罢《〈金石录〉后序》，我们可以感受到李清照在回首往事时不堪承受的苦痛。在动荡混乱的环境中，一个好古的文士，一个多才的词人，要能从容玩赏金石、畅怀读书和观古，几乎是不可能的。从这篇文章中我们看到金石的聚散、个人的得失与民族的盛衰、国家的兴亡是息息相关的，也让我们思考在安定的环境中愉快地生活、从事自己心爱的工作，需要什么。读完本文，再看《武陵春》中词人无法再欣赏春景、泛舟溪上这样的细节，我们更能读到那“愁”的重量！

番外篇　词，别是一家

——李清照的词体思想

引言

众所周知，李清照以词闻名，原因之一是她留下了一些脍炙人口的词作；原因之二是她以独立的人生姿态和卓然的艺术风格自成一派——易安体；原因之三在词作为一种独立体裁的探索和肯定的道路上，她的《词论》以“词别是一家”的论点，在由诗词不分到词体独立的过程中起到了有力的作用。

词论

乐府声诗并著，最盛于唐。开元、天宝间，有李八郎者，能歌擅天下。时新及第进士开宴曲江，榜中一名士，先召李，使易服隐姓名，衣冠故敝，精神惨沮，与同之宴所，曰：“表弟愿与坐末。”众皆不顾。既酒行乐作，歌者进，时曹元谦、念奴为冠，歌罢，众皆咨嗟称赏。名士忽指李曰：“请表弟歌。”众皆哂，或有怒者。及转喉发声，歌一曲，众皆泣下。罗拜曰：“此李八郎也。”自后郑卫之声日炽，流靡之变日烦，已有《菩萨蛮》《春光好》《莎鸡子》《更漏子》《浣溪沙》《梦江南》《渔父》等词，不可遍举。

五代干戈，四海瓜分豆剖，斯文道息。独江南李氏君臣尚文雅，故有“小楼吹彻玉笙寒”“吹皱一池春水”之词。语虽甚奇，所谓“亡国之音哀以思”也。

逮至本朝，礼乐文武大备。又涵养百余年，始有柳屯田永者，变旧声作新声，出《乐章集》，大得声称于世；虽协音律，而词语尘下。又有张子野、宋子京兄弟、沈唐、元绛、晁次膺辈继出，虽时时有妙语，而破碎何足名家！至晏元献、欧阳永叔、苏子瞻，学际天人，作为小歌词，直如酌蠡水于大海，然皆句读不葺之诗尔，又往往不协音律者。何耶？盖诗文分平侧，而歌词分五音，又分五声，又分六律，又分清浊轻重。且如近世所谓《声声慢》《雨中花》《喜迁莺》，既押平声韵，又押入声韵；《玉楼春》本押平声韵，又押上去声，又押入声。本押仄声韵，如押上声则协；如押入声，则不可歌矣。王介甫、曾子固，文章似西汉，若作一小歌词，则人必绝倒，不可读也。乃知词别是一家，知之者少。后晏叔原、贺方回、秦少游、黄鲁直出，始能知之。又晏苦无铺叙，贺苦少典重，秦即专主情致，而少故实。譬如贫家美女，虽极妍丽丰逸，而终乏富贵态。黄即尚故实而多疵病，譬如良玉有瑕，价自减半矣。

诵读点拨

李清照的词中不仅有对爱情的热烈追求，还有对人生命运的深刻思考，可以说易安词是生命之歌、情感之词。清初学者沈谦《填词杂说》云："男中李后主，女中李易安，极是当行本色。"前面几讲我们已经从李清照那些著名词作中领略了易安词"清切婉丽""芬馨神峻"之美。李清照不仅能为词添新声，更是写出了古代中国妇女文学批评的第一篇专门论文——《词论》，在文学理论上首开"词别是一家"的词论。她不仅作词，对于词该是什么样的文体也有着自己的独到见解。

诗词天然的分野

词体兴于隋唐，极盛于宋。词有一个别名"长短句"，直观地概括了词句长短不一的特点，与诗句字数相等的特点不同；还有一别名"曲子词"，突出了词的音乐性。词的另一代号"诗余"恰可说明诗和词内容与情感上天然的分野。"诗言志"，古代社会只有男性拥有言志的权利和机会，因此诗是男性抒发理想抱负的专用体裁；"词抒情"，词抒发的是私人情感，是"下班"后的闲情，词是阁楼酒馆、宴饮舞台的娱乐项目，多由女歌者演唱，因此词是女性化的，不涉时政。在儒家传统中"诗教"的正统性、合法性、使人温柔敦厚的驯化性，都使诗成为一种无可争议的独立体裁。"诗余"这一称呼表明在社会事务和理想抱负之外多余出来的私人情感才是词的创作领域。因此，以美女和爱情为主要题材的"艳情小词"也一度成为词的代称。这种内容领域的狭小、格局的狭隘，都使词成为"小词"而长期不受文坛重视。这种诗词天然的分野导致了词长期处在诗的下位，没有成为独立的体裁，也没有公认的创作标准。

李清照不仅是一位杰出的创作者，她还对于词这种文体提出了独立的理论意见。这篇《词论》便是李清照的词体理论专门论文。《词论》中提出“词”应是一种独立体裁，而不从属于诗；词与诗最大的区别便在于词的“音乐性”，词是文学与音乐的融合体。

正如李清照在《词论》中开篇即叙述的词的历史：从唐五代到北宋以来，虽然有不少名家创作了不少名词，但是直到宋代，词的创作仍五花八门，缺点明显：

柳永	词语尘下
张子野（张先）、宋子京兄弟（宋庠宋祁）、沈唐、元绛、晁次膺（晁元礼）	破碎何足名家
晏元献（晏殊）、欧阳永叔（欧阳修）、苏子瞻（苏轼）	皆句读不葺之诗尔，又往往不协音律者
王介甫（王安石）、曾子固（曾巩）	若作一小歌词，则人必绝倒，不可读也
晏叔原（晏几道）	苦无铺叙
贺方回（贺铸）	苦少典重
秦少游（秦观）	专主情致，而少故实
黄鲁直（黄庭坚）	尚故实而多疵病

她认为，出现这种现象的原因正是因为人们没有明白，词是一种独立体裁，具有其独特的审美和创作标准。

诗词人为的模糊

叶嘉莹先生在《小词大雅》中说：“‘观人于揖让，不若观人于游戏’，当他不在大庭广众的时候，当他跟人嬉戏游乐的时候，他才把他的本来的面目彰显出来。小词惟其因为它不是严肃的，不是言志的诗篇，所以反而流露了那些诗人词客内心之中最幽微、深隐的一种情思。”宋朝人越来越发现，词写的不一定是自己，却恰恰最能抒发真实的自己。这种戴着“小词闲情”面具却能透露真实内心的反相，使创作者与领受者都越来越倾向于模糊诗词的分野。

宋初以前的词坛，风格只有婉约一个，内容也几乎不会脱离描写个人生活感受的藩篱。后来范仲淹第一个用词来反映现实生活，创造了开阔而深沉的意境，对词传统的题材与风格提出了挑战。其后苏轼又进一步打破诗词界限，他“不喜裁剪以就声律”，而“以诗为词”，用一种高昂激越的音调表现“横放杰出”的豪情，开创了和婉约派对立的豪放派。

豪放派词人一再冲击“词坛正宗”——婉约词的领地。词渐渐脱离曲调、音律，而成为纯文字化的体裁，像诗那样。面对这样的词坛“乱象”，才有了李清照一篇《词论》怼尽词坛名流的激情。

李清照：词，别是一家

《词论》采用史论结合、夹叙夹议的方法，总结了词作为一种文学体裁发展演变的历史过程，阐明了词的特点，提出了主要论点“词别是一家”，表明了李清照的词学主张：

一、音律：词作为独立体裁所具有的艺术特征

“词别是一家”是李清照在《词论》中提出的重要观点，也是她词学理论的核心。她的这一主张强调了词与诗的分野。词虽然脱胎于近体诗，但它形成之时便与诗有着明显的区别，词为适应音乐曲调而产生的，是从民间俚曲发展来的，因而词与诗相比，就出现了音节细致、音调谐婉、句法参差、平仄抑扬等特点。词是演唱的文字，诗是诵读的文字，这是李清照“词别是一家”的理论起点。李清照“词别是一家”的观点也正是强调了词的这些艺术特征。因此，音律和谐（音乐性），是李清照认为的词的本质属性，也成为李清照评论词作优劣的第一标准。

二、风格：婉约为词之正宗

从风格方面说李清照在理论上一向维护婉约正统，曾对豪放派的代表苏轼以诗为词、用诗风影响词风提出过尖锐批评。但以清切婉丽为宗，并不表明李清照不允许不承认豪放词的价值。就拿她自己来说，像《忆秦娥·临高阁》《菩萨蛮·风柔日薄》就是笔力矫健、风格豪放之作。特别是她的《渔家傲·天接云涛连晓雾》，这首词一改李清照闺阁词、爱情词的俊逸深婉而为倜傥多姿，以豪迈壮阔之气洗尽铅华香泽之态，其豪放之风可与苏东坡争胜。这种“婉约而略带豪放”的词风正是她超过婉约派前人和为后来婉约词人所不能企及的地方。

三、语言:清新自然的词辞

从语言方面看,易安词作更是在“词别是一家”上有重大突破。诗重典故,因而语言常有典雅庄重之姿。诗的辞令强调炼字,强调推敲,因而给人以诗辞难为之感。李清照词语轻巧,随意从日常口语中采撷而得,颇有轻巧偶得之趣;善于采撷当时人们的口头语言,带着新鲜的生活气息和朴素生动的气质,明白晓畅,又给人们“清水出芙蓉,天然去雕饰”的审美感受。她常常用通俗质朴的口语对景物与人物进行线描式的勾勒,像“和羞走,倚门回首,却把青梅嗅”“怕郎猜道,奴面不如花面好。云鬓斜簪,徒要教郎比并看”等,画面单纯,线条清晰;她还善于用日常口语叙事,如“常记溪亭日暮,沉醉不知归路”“风住尘香花已尽,日晚倦梳头”等,自然流畅,给人美感。更值得称道的是,她还擅长用民间流行的家常话、口头语描摹人物心理,如“此情无计可消除,才下眉头,却上心头”“守着窗儿,独自怎生得黑”等。口语入词,本不容易,可李清照词中这种情形占了不少的比重,有人评论她的词“皆用浅俗之语,发清新之思,词意并工,闺情绝调”。

易安词作与易安词论,从创作与评论两个方面比较统一地体现了她的词体思想。词的音乐性为词体的第一属性,是否协音律也成为她品评词作优劣的第一标准;婉约词为词风正宗,同时她也承认豪放词的价值,但不赞成采取以诗为词、诗词不分的“过于粗放”的创作标准;使用自然轻巧的词语、浅俗而不尘下的语言是词的独特美感。

玩味词论

辩论:李清照一篇《词论》“怼”尽词坛名流,是学术争鸣还是不尊重人?

一篇《词论》“怼”尽词坛名流。历来争议者众,有人认为李清照的“怼”是少年意气,不尊重前辈,初生牛犊不怕虎(据研究,《词论》作于李清照 26 岁时);也有人认为李清照的“怼”是学术争论,是秉持学术标准的公论。你如何评价李清照在《词论》中的学术主张和怼尽词坛名流的做法?

下篇　清照诗：一个独立人的世界观

李清照词学造诣颇高，但她并不是唯有词才，而是诗词并举，她的诗作在当世就经常受到名士的称赞：

朱弁："赵明诚妻，李格非女也。善属文，于诗尤工。晁元咎多对士大夫称之。如'诗情如夜鹊，三绕未能安''少陵也自可怜人，更待来年试春草'之句，颇脍炙人口。"（［南宋］朱弁《风月堂诗话》）

朱熹："本朝妇人能文，只有李易安与魏夫人。李有诗，大略云'两汉本继绍，新室如赘疣。所以嵇中散，至死薄殷周'云云。中散非汤、武得国，引之以比王莽。如此等语，岂女子所能？"（［南宋］黎靖德《朱子语类》）

易安词让我们感受到一个女人眉间颦头的哀乐甘苦，清照诗中体现出目光远大和远见卓识的一面则不亚于男性诗人。例如在咏史诗《浯溪中兴颂诗和张文潜》中，她驳斥了张文潜认为杨贵妃是妖孽的说法，肯定杨氏姊妹都是仙才，玄宗好色不理政务，才是祸国的罪魁。唐代诗人中也有为杨贵妃鸣不平的，但像李清照这样正面赞美杨贵妃，直接指出玄宗之罪的却很少见。又如在《夏日绝句》中，她通过歌颂项羽的悲壮之举来讽刺南宋当权者不思进取、苟且偷生的行径。这些都说明，李清照早已超越了闺阁的狭隘见识，将目光投向了国家命运、社稷苍生，怀有强烈的社会参与意识，并且有敢说敢言的气度魄力。李清照与历代著名才子一样充满豪情深思，善于览胜怀古。李清照的《题八咏楼》就是来到名胜古迹时激荡诗情而作，颇有穿透历史风云的阔达豪迈之气。易安的词和诗是她艺术王冠上最明亮的双珠，读易安词不可忽略清照诗。

在历代女子中，李清照之所以呈现出独特而令人尊敬的面貌，且越来越受到人们的推崇，可能源于"名媛"与"才女"最本质的一些区别。"名媛"意为有名气的女人，突出其名声，而这名气的来源很大程度上来自男性审美的肯定，例如美貌、贤德、温顺等，甚至是被多名男性追逐的传奇性。因此名媛是男性视角中的女性胜利者。而“才女”突出其才学，才学来自天然的禀赋和个人的后天修养，更突出其“人”的价值，而不只是男性眼中“女人”的价值。才女与才子一样，都因其个人资质博得当世与历史的垂青。易安词以婉约为宗，充分表现了易安词的艺术高度和易安芬馨柔美、神峻天然的审美趣味；清照诗言志说理，旗帜鲜明、不屈人威地表达李清照对社会的观察和对历史的评价。

同时代及后代人们对易安诗词的化用，对易安艺术表达方式的审美接受，对易安人生事业的推崇，使得李清照成为才女形象的代言人。“当世易安”“李清照式的才女”成为对女性的最高评价。

第十六讲　李清照的《离骚》

——托古讽今：一代代人为什么总是犯同样的错误

引言

如果说李清照的词主要反映的是个人生活和私人情绪的话，那么李清照的诗则主要是感时论世，充满了家国情怀，表现李清照关心着历史、社会。

浯溪中兴颂诗和张文潜二首(其二)

君不见惊人废兴传天宝，中兴碑上今生草。
不知负国有奸雄，但说成功尊国老。
谁令妃子天上来，虢秦韩国皆天才。
苑桑羯鼓玉方响，春风不敢生尘埃。
姓名谁复知安史，健儿猛将安眠死。
去天尺五抱瓮峰，峰头凿出开元字。
时移势去真可哀，奸人心丑深如崖。
西蜀万里尚能反，南内一闭何时开。
可怜孝德如天大，反使将军称好在。
呜呼，奴辈乃不能道辅国用事张后专，乃能念春荠长安作斤卖。

注释

浯溪中兴颂：指位于浯溪的《大唐中兴颂》。浯溪，地名，在今湖南省祁阳县。唐肃宗上元二年(761)，元结撰《大唐中兴颂》，由颜真卿书写，刻于浯溪石崖上，记录了安史之乱、唐肃宗平乱、唐朝得以中兴的史实。

和：依照他人诗词的题材作诗词。

张文潜：北宋诗人，名耒，字文潜，曾作《读中兴颂碑》。

惊人废兴传天宝：指开元十五年(756)，唐玄宗因安史之乱被迫传位给唐肃宗。天宝，唐玄宗年号，公元742—756年。

奸雄：此指安禄山、史思明等叛将。

国老：德高望重的国之重臣。此指郭子仪、李光弼等平息安史之乱的功臣。

妃子：此指杨贵妃。

虢秦韩国：此指杨贵妃的三个姊妹。三人分别被封为虢国夫人、秦国夫人、韩国夫人。

苑桑羯(jié)鼓玉方响：北宋乐史《杨太真外传》："宁王吹玉笛，上羯鼓，妃琵琶，马仙期方响，李龟年觱篥，张野狐箜篌，贺怀智拍，自旦至午，欢洽异常。"羯鼓，乐器名，用山桑木制作而成，形状像漆桶，用两杖敲击。唐玄宗素喜音律，尤其擅长击羯鼓，称羯鼓为"八音领袖"。方响，乐器名，由十六枚大小相同、厚薄不一的长方片组成，分两排悬于架上。用小铁槌击奏，声音清浊不等。为隋唐燕乐中常用乐器。

春风不敢生尘埃：形容音乐声之美妙，使得春风也不敢吹起尘埃。

健儿：此指士兵。唐开元以后长期戍守边地的雇佣兵称健儿。

"去天"二句：唐郑棨《开天传信记》："华岳云台观中方之上，有山崛起如半瓮之状，名曰瓮肚峰。上尝赏望，嘉其高迥，欲于峰头大凿'开元'二字，填以白石，令百余里望见。谏官上言，乃止。"去天尺五，此指极高。杜甫《赠韦七赞善》自注："俚语：城南韦杜，去天尺五。"

奸人：此指李辅国等小人。

西蜀万里：指安史之乱时，玄宗从长安逃至西蜀(今四川)。

反：同"返"。

南内一闭：指玄宗被肃宗从南内迁往西内幽禁。

反使将军称好在：唐柳珵《常侍言记》："玄宗为太上皇时，在兴善宫，属久雨初晴，幸勤政楼。楼下市人及往来者愈喜，曰：'今日得再见我太平天子。'传呼万岁，声动天地。时肃宗不豫，李辅国诬奏云：'此皆九仙媛、高力士、陈元礼之异谋也。'下矫诏，迁太上皇于西内。给其扈从部伍，不过老弱二三十人。及中道，攒刃辉日，辅国统之。太上皇惊，欲坠马数四，左右扶持得免。高力士跃马前进，厉声曰：'五十年太平天子，李辅国旧为家臣，不宜无礼！'李辅国下马失辔。又宣太上皇诰曰：'将士各得好在否？'于是辅国令兵士咸韬刀鞘中，高声曰：'太上皇万福！'一时拜舞。力士又曰：'李辅国拢马。'辅国遂拢马著靴行，与将士等护侍太上皇平安到西内。辅国领众既退，太上皇泣，持力士手曰：'微将军，阿瞒已为兵死鬼矣。'" 将军，此指高力士。高力士开元初为右监门卫将军，天宝七载(748)官至骠骑大将军，自玄宗以下皆以将军称之。好在，问候语。

辅国：李辅国，宦官，得肃宗信任，权势显赫。

用事：当权。

张后：肃宗皇后。与李辅国勾结专权，后被李辅国杀害。

春荠长安作斤卖：唐郭湜《高力士外传》："(高力士被贬巫州后)又于园中见荠菜，土人不解吃，更赋诗曰：'两京称斤卖，五溪无人采。夷夏虽有殊，气味应不改。'使拾之为羹，甚美。"

翻译

您没有看见唐玄宗天宝年间惊天动地的衰退和兴盛，以至于玄宗连皇位都让给了肃宗吗？现在连浯溪的《大唐中兴碑》都荒草丛生了！人们不批判辜负国家的奸雄安禄山、史思明，只赞扬平定叛乱、建功立业的重臣郭子仪、李光弼。杨贵妃美貌非常，仿佛天人下凡，三姐妹虢国夫人、秦国夫人、韩国夫人也是天姿国色。唐玄宗与杨贵妃等人演奏着山桑木制成的羯鼓和玉制成的方响寻欢作乐，乐声之美妙，连春风也不敢吹起尘埃。开元年间谁听说过安禄山、史思明的名字？士兵将军也不再征战沙场，可以安眠而死。当时唐玄宗还希望在极高的抱瓮峰头凿出令百里可见的"开元"二字。时移世易真是悲哀啊，到了肃宗时期，奸人李国辅等心地邪恶，城府深险如山崖。纵然安史之乱时唐玄宗逃到了遥远的西蜀四川，但尚且能够返回长安。回来后肃宗却把玄宗从南内迁到西内，唐玄宗反而更难重新打开国家的大门了。可惜呀，像天一样大的孝敬之德，反而要让宦官高力士挺身而出保护唐玄宗。唉！人们只知道说唐玄宗宠信的高力士最后被流放到南蛮之地，却不知道责备肃宗宠信李国辅、张皇后之弊。

写法破译

托古讽今

1. 意思：从前的事，今天的理。

2. 原因：因言获罪，迫不得已。

3. 效果：目光深远，感慨悠长。

诵读点拨

这首诗深刻分析了唐朝安史之乱的原因和后果。一方面唐玄宗骄傲自满，不居安思危，有误国之罪；另一方面唐肃宗虽然遏制了安史之乱的势头，但是造成李国辅专权、张皇后专宠的情况，使唐朝朝着一败涂地发展去了。李清照借唐鉴宋，用这首诗表达了对北宋末期朝政的担忧，希望宋朝统治者能吸取教训。

“君不见惊人废兴传天宝，中兴碑上今生草。”起句不凡，有两重对比：一、古今对比。天宝年间惊天动地的历史，现在只剩下了荒草丛生的石碑。二、唐朝天宝年间先废后兴的历史对比。天宝年间发生了安史之乱，致使生灵涂炭，后被平定，唐朝中兴。这首诗是和作，与张文潜诗作的最后一句“君不见，荒凉浯水弃不收，时有游人打碑卖”对应。

“不知负国有奸雄，但说成功尊国老。”接着分析唐朝衰落的原因。统治者不去深究失败原因，而是马上转为对复兴的吹捧。然后一代代重复着同样的错误。无论是从兴转废的唐玄宗，还是由废转兴的唐肃宗，他们作为统治者都耽于安乐，任用奸佞，即使有过功业也马上被一扫而空了，这两首诗的前一首中就有“五十年功如电扫”句。

从“谁令妃子天上来”到“反使将军称好在”，重点描述了唐玄宗宠信奸雄与美人以至误国危身的危害。但最后一句却说：“呜呼，奴辈乃不能道辅国用事张后专，乃能念春荠长安作斤卖。”唐玄宗—安禄山—杨贵妃，唐肃宗—李国辅—张皇后，两组人物时间相距很近，却重复着一样的错误，唐朝也就不可能真正复兴了。唐肃宗时代的人不能说当代的问题，只能说唐玄宗时代的痹症，一个只准歌功颂德的时代，缺乏正视问题的勇气，就难有重见天日的机会了。

李清照写唐朝，注目的是自身所处的宋朝。她忧心如焚地托古讽今，这首长诗简直是宋朝的《离骚》!

本讲小结

还记得第三讲中,我们讲到李清照为什么面对春光感到寂寞无聊吗?也许是因为古代娱乐活动单调,也许是因为闺阁女子步履范围狭窄,但一个光彩的生命渴望更大的意义却投注无门才是无聊之感的本质。以李清照的才学天赋,外出游玩或其他的娱乐活动都不能满足其内在的意义需要和价值诉求。那么到底什么才能排解她的寂寞呢?在李清照的这首诗歌中,我们可以试着找到回答。李清照把目光投向历史兴衰,关心国家命运。她是一个完整的社会人,而不局限于女人的生活和情绪。

玩味清照诗

1. 比较阅读

和　作

唱和是古代士人圈的互动,对同一话题写出不同之作。和作有和意、和韵之分。和意是诗人间的意见交流,和韵更提高了作诗的要求。阅读张耒《读中兴颂碑》,对比李清照的和作,回答下列问题。

读中兴颂碑

〔北宋〕张耒

玉环妖血无人扫,渔阳马厌长安草。
潼关战骨高于山,万里君王蜀中老。
金戈铁马从西来,郭公凛凛英雄才。
举旗为风偃为雨,洒扫九庙无尘埃。
元功高名谁与纪,风雅不继骚人死。
水部胸中星斗文,太师笔下蛟龙字。
天遣二子传将来,高山十丈磨苍崖。
谁持此碑入我室,使我一见昏眸开。
百年废兴增叹慨,当时数子今安在?
君不见,荒凉浯水弃不收,时有游人打碑卖。

(1) 和意

张诗讨论的话题是：____，

李诗与张诗在意见上相同点是：______________________________________，

不同点是：____。

(2) 和韵

张诗的韵脚是________________，李诗的韵脚是________________。

(3) 因此，你判断李清照对张文潜的和作是 （　　）

A. 和意不和韵

B. 和意和韵

C. 不和意和韵

D. 既不和意也不和韵

2. 创意写作

读了这首诗，相信你对李清照的认识又丰富了一点。她不仅是一个满心浪漫的小女人，关心自己的喜爱的事物，还是一个胸中有大格局、关心社会历史的知识分子。请你以“李清照的另一面”或“双面李清照”为话题写一写你对李清照的新认识。

第十七讲　李清照的英雄观

——坚守阵地，虽败犹荣

引言

项羽是中国历史上的大英雄。太史公司马迁非常欣赏他，项羽虽未称帝《史记》却将他列于本纪中，文辞之慷慨宏阔堪称《史记》之最。李清照也欣赏项羽，在一个夏日作了这首赞颂项羽的绝句，成为流传千古的名诗。

夏日绝句

生当作人杰，死亦为鬼雄。
至今思项羽，不肯过江东。

翻译

活着应当做人中豪杰，死也要轰轰烈烈做鬼中英雄。我站在乌江岸边想到项羽兵败乌江却不肯渡江偷生，赞叹他壮烈殉死的英雄气概！

写法破译

咏　史

从先秦至今，咏史是中国诗歌的一大常题。这类以历史故事或人物为题材创作的诗歌，或者以诗歌的语言重述历史，或者借古鉴今表达对现实的态度，或者抒发历史感慨。这首诗创作于建炎三年(1129)，南渡之后的李清照途经乌江之时。

乌江是西楚霸王项羽的自刎之地，是一个英雄人物的生命终结点，也是一段历史的见证者。项羽是中国历史上集大胜与大败于一身的典型人物，颇值得后人借鉴，后世对项羽的评价也褒贬不一。项羽的勇武世所罕见，真可谓是“力拔山兮气盖世”。他26岁起兵，以勇不可当、摧枯拉朽之势统帅天下诸侯，起兵三年即一举灭秦，自封西楚霸王，踌躇满志，似乎很快就能统一天下，建立一代霸业。此后在剿灭刘邦的过程中，起先屡战屡胜，但与韩信九里山一战时，却兵败被困垓下，旋即落得个四面楚歌—军前别姬—落荒败北—乌江自刎的悲壮惨烈结局，年仅31岁。如此大起大落、轰轰烈烈，前后不过短短五年。司马迁在为他作《项羽本纪》之后，发出了具有历史意义的感慨——“何兴之暴也！”对此，许多后人也发出了这样的历史疑问——“何亡之速耶？”

诵读点拨

这首诗里，最耐人寻味的就是项羽在生命的最后时刻，明明有机会逃生，为什么不愿渡江，而选择自刎。这也是李清照“至今思项羽”所“思”的主要内容。这个问题还要从项羽与他的家乡说起。

“衣锦还乡”与“无颜见江东父老”

《史记》记载，项羽攻占咸阳后，有人劝他定都关中，但项羽坚持要回故乡：“富贵不归故乡，如衣锦夜行，谁知之者！”后人便延伸出了“锦衣夜行”这个成语。可见与家乡父老分享成功的喜悦，在项羽心中比战略部署更加重要！项羽定都关中，也会得到关中人的仰望，但似乎项羽只在乎家乡人的注目。

家乡，是项羽一生眷恋的地方。成功时想要衣锦还乡，失败时仍然想念家乡人而感到惭愧。好像对项羽来说，家乡是一个只能分享成就荣光的礼堂，不是一个能够舔舐伤口的休憩所。那么，是乡亲们势利浅薄，还是项羽过于敏感自尊呢？

项羽在拒绝乌江亭长的渡江帮助时说：“天之亡我，我何渡为！且籍与江东子弟八千人渡江而西，今无一人还，纵江东父兄怜而王我，我何面目见之？纵彼不言，籍独不愧于心乎？”可以看出，项羽对江东群众的感情是非常亲切的，称士兵为“子弟”，称百姓为“父兄”。他料想回去后，江东百姓仍然会同情自己、拥戴自己为王。“怜”，也就是同情，原本是一种难得的感情，然而对一个英雄来说却是无法接受的耻辱。所以，他宁愿活在人们的凭吊里，也不愿面对江东父老的同情。他可以接受自刎的惨烈，无法忍受偷生的琐屑。

成王败寇的传统英雄观与虽败犹荣的真心英雄观

人们常以成败论英雄，但项羽这个失败者，在李清照眼中却是一个彻底的英雄豪杰。他生得轰轰烈烈，死得惊天动地。虽然只有短短的31岁，但活得昂扬恣意、出类拔萃、毫不妥协、英武慷慨。李清照这样的英雄观，是有见地的，是超凡脱俗的。

李清照推崇项羽，推崇的是那种叱咤风云、光彩夺目的英雄本色，推崇的是那种不甘琐屑无名、拒绝平庸人生的壮志豪情。在李清照看来，一个人只要循着自己的真心、活得有声有色就是英雄！

不肯逃跑的项羽和妥协退让的北宋

“靖康之耻”，奉行投降主义的北宋宗室令全体宋人感到耻辱。收复失地、统一国家，成为南宋有志之士的共同理想。李清照创作此诗之时，正是北宋将士大举撤退、北宋居民举国南迁之时。途经乌江，凭吊历史，注目现实，怎能不令人抚古追今、愤慨戚然！李清照赞赏的是项羽，讽刺的是北宋。缺少英雄的时代是不幸的，需要英雄来力挽狂澜的时代更是悲哀的。

本讲小结

李清照欣赏坚守阵地不肯苟且偷安的项羽，在自己南渡途中经过乌江边有感而作了这首绝句。自己是一个逃跑者，而这逃跑是被迫的，因为北宋向进犯的金朝妥协退让，将大片北国土地拱手相让，李清照的家正在铁蹄之下。她对项羽的赞赏越激烈，对逃跑的北宋就越愤慨。

诗文链接

《史记·项羽本纪》中记载项羽垓下兵败后，逃至乌江畔，乌江亭长欲助之渡江，项羽拒绝，并与亭长有一番对话。

史记·项羽本纪(节选)

于是项王乃欲东渡乌江。乌江亭长檥船待，谓项王曰：“江东虽小，地方千里，众数十万人，亦足王也。愿大王急渡。今独臣有船，汉军至，无以渡。”项王笑曰：“天之亡我，我何渡为！且籍与江东子弟八千人渡江而西，今无一人还，纵江东父兄怜而王我，我何面目见之？纵彼不言，籍独不愧于心乎？”乃谓亭长曰：“吾知公长者。吾骑此马五岁，所当无敌，尝一日行千里，不忍杀之，以赐公。”乃令骑皆下马步行，持短兵接战。独籍所杀汉军数百人。项王身亦被十余创。顾见汉骑司马吕马童，曰：“若非吾故人乎？”马童面之，指王翳曰：“此项王也。”项王乃曰：“吾闻汉购我头千金，邑万户，吾为若德。”乃自刎而死。

玩味清照诗

1. 同步拓展

前文我们说过，宋朝的南迁令全体人民感到耻辱，许多诗歌也反映了这种情绪。你能解读一下下面两首诗歌中包蕴的感情吗？

满江红

〔南宋〕岳飞

怒发冲冠，凭阑处、潇潇雨歇。抬望眼，仰天长啸，壮怀激烈。三十功名尘与土，八千里路云和月。莫等闲、白了少年头，空悲切。

靖康耻，犹未雪。臣子恨，何时灭。驾长车，踏破贺兰山缺。壮志饥餐胡虏肉，笑谈渴饮匈奴血。待从头、收拾旧山河，朝天阙。

题临安邸

〔南宋〕林升

山外青山楼外楼，西湖歌舞几时休？

暖风熏得游人醉，直把杭州作汴州。

2. 历史常识

请查找并阅读关于项羽的历史资料，说一说你对项羽的评价。

3. 读书圆桌

项羽为什么失败了？

甲同学说：项羽是个暴君，他的失败是历史的必然。因为天下苦秦久矣，人民希望有一个更加仁慈的君主。即使他战胜了刘邦，建立了属于自己的朝代，如果不改暴虐，仍然会被取代，他的失败是迟早的事。

乙同学说：没有人是完美的，但是成功者往往是能听进意见、自我革新、不断进步的人。我认为项羽的失败，就在于他的刚愎自用、不愿改变。他身边有一位智慧的谋士范增，而他对范增的意见充耳不闻，偏行己意。

丙同学说：我暂时还没有什么想法，但是听了大家的发言，学到很多。我要回去多阅读一些资料，再思考形成自己的观点。

你说：____

____

____

4. 比较阅读

咏怀古迹是诗人常题，在乌江边自然会联想到项羽不肯渡江而自刎的历史。李清照是赞同、欣赏项羽刚毅不屈的人生态度的，杜牧却提出了不同见解。请比较阅读李清照的《夏日绝句》与杜牧的《题乌江亭》，说说二者见解有何不同。

题乌江亭

〔唐〕杜牧

胜败兵家事不期，包羞忍耻是男儿。

江东子弟多才俊，卷土重来未可知。

第十八讲　李清照的家国之愁

——留给后人的历史难题

引言

人们总是期望每个时代都能完美地解决当代事，但总是或多或少留给后人一些历史难题。站在两宋之交的李清照，面对着沦丧的国土、纵横千里的山川水域，发出了“江山留与后人愁”的感叹。

题八咏楼

千古风流八咏楼，江山留与后人愁。
水通南国三千里，气压江城十四州。

注释

八咏楼：楼名，在现在的浙江省金华市境内。原名元畅楼，南朝齐时，沈约于楼壁题了八首诗，于是得名“八咏楼”。

十四州：指江南。唐末五代贯休《献钱尚父》：“一剑霜寒十四州。”两浙共辖二府十二州（平江、镇江府，杭、越、湖、婺、明、常、温、台、处、衢、严、秀州），泛称十四州。

翻译

登上具有千古美名的八咏楼，极目远眺壮丽江山，让我心胸暂开，就把对国事的忧愁留给后人吧。此地是水上要道，可以深入江南三千多里，它的战略地位重要，足以影响江南十四州的存亡。

写法破译

用 典

本诗有两个典故。一个是事典，沈约在此楼上题写了八首诗歌，八咏楼因此得名。诗人与名楼常常相映生辉，如鹳雀楼之于王之涣，滕王阁之于王勃。但对一座楼一咏再咏直至八咏，这在历史上还是很少见的佳话。而且沈约歌咏此楼，不单纯是为了表达诗人对美楼的爱物之情。当时他任东阳太守，算是此地的父母官，他的“八咏”也可说是“造星”之举，使此楼一举成名。“八咏楼”是诗人官员善用自身文学特长增加地区美誉度，为该地留下了远远超越任职时间的文化财富。一如白居易、苏轼之于杭州，柳宗元之于永州、柳州。

另一个是语典，江南地区的代名词“十四州”源于贯休“一剑霜寒十四州”句。关于此诗，还有一个贯休拒改“十四州”为“四十州”的传说。贯休是唐末五代时前蜀的画僧、诗僧。俗姓姜，七岁出家，后被封为“禅月大师”。诗画俱佳，文名高洁。传说，乾宁(894—897)初年，镇海军节度使、润州刺史钱镠以平乱之功，升任镇海镇东等军节度使，并获加衔。贯休持诗往贺，诗云:“贵逼身来不自由，几年勤苦蹈林丘。满堂花醉三千客，一剑霜寒十四州。莱子衣裳宫锦窄，谢公篇咏绮霞羞。他年名上凌烟阁，岂羡当时万户侯。”钱镠见贯休贺诗十分得意，但意犹不足。于是钱镠便传令贯休，要他将“十四州”改为“四十州”，改后才接见他。贯休拒绝并放豪言:“州难添，诗亦难改。孤云野鹤，何天不可飞?”拂袖而去。

善用典故大大拓展了本诗的时空，使诗作不再局限于此时此地，而被放大在历史的时空中，有荡气回肠、抚古追今之感。回望前时，有爱护此地的诗人官员，有不慕强权、拒改州数的傲然诗僧。定睛现实，这不仅是一座文史留名的美楼，也是水路要道、战略要地，可是现在的当权者却没有守卫疆土的意志和气节，卖土求和，偏安一隅，把大好河山拱手让人，怎不令人惋惜与气愤?

诵读点拨

元畅楼，地处金华市城区东南隅，坐北朝南，面临婺江，危楼耸立。楼体建在石砌的台基上，有百余级石阶。登楼远眺，远山近水尽收眼底。因沈约作有八首咏叹诗，从此得名为“八咏楼”，美景与诗名流芳千古。李清照创作这首诗时，正避乱流寓金华，大约是1135年。她登上这座千古名楼，眺望山高水长，必然想到北方大部分国土都已为金兵铁蹄蹂踏。

“千古风流八咏楼，江山留与后人愁。”这两句诗的“时间感”是绵延的，向前回溯有“千古”，向后可与“后人”交接；“空间感”是扩大的，从此地一座楼扩展到无限江山；过去、现在、未来的对比是强烈的，前人留给今人的是美楼与诗歌的风雅传统和物质精神财富，而今人留给后人的却是丢失的国土、未能保全的大好江山，像收复失地这样沉重的历史任务，现在的当政者无能解决，只能留给后世了。这种时空交汇、今昔对比之感都聚合在此时此刻站立在八咏楼上的李清照心中。追慕过去，愤慨现实，尴尬地面对未来。

“江山留与后人愁”是千古名句。不仅北宋一朝，哪个朝代能完美解决当代事的呢？这种历史现象和感慨代代都有。共鸣，是诗歌的极大成就。

“愁”是这首诗的“诗眼”，诗歌凝练而直接地写出作者的忧思愁苦。这个“愁”不是“冷冷清清，凄凄惨惨戚戚”的私人生活的“小愁”，而是面对国家历史的“大愁”。接下来的两句诗更道出了“愁”的具体原因，解释了为何她有这般深重的愁苦。

“水通南国三千里，气压江城十四州。”李清照现在站立的地方，不只是一座楼，此地的战略地位非常关键，它是水路要道，一旦丢失，江南全境都将岌岌可危。“三千里”是水路绵长，“十四州”是地域广大。南宋退守江南，偏安一隅，可若是守不住江南的战略门户，那么接下来将退无可退。李清照正是随着北宋败退仓皇南渡的万千民众之一。她的“愁”关乎国家的前途命运，关乎每一个老百姓的命运。

这首诗气魄宏大，有丈夫气，是李清照诗歌中的精品。

本讲小结

“愁”是这首诗的诗眼。这首诗中的“愁”不是私人生活的“小愁”，而是国家历史的“大愁”。但是这个“愁”又是解决不了的，只能留给后人去“愁”了。这是作为宋朝当代人的李清照对当局的无奈以及对将历史难题留给后人的愧怍。

诗文链接

名楼名诗

黄鹤楼

〔唐〕崔颢

昔人已乘黄鹤去，此地空余黄鹤楼。
黄鹤一去不复返，白云千载空悠悠。
晴川历历汉阳树，芳草萋萋鹦鹉洲。
日暮乡关何处是？烟波江上使人愁。

登岳阳楼

〔唐〕杜甫

昔闻洞庭水，今上岳阳楼。
吴楚东南坼，乾坤日夜浮。
亲朋无一字，老病有孤舟。
戎马关山北，凭轩涕泗流。

登鹳雀楼

〔唐〕王之涣

白日依山尽，黄河入海流。
欲穷千里目，更上一层楼。

玩味清照诗

1. 诗歌积累

为这首诗填写一份简明的身份卡。

诗歌身份卡

题　目		作　者	
创作时间		创作地点	
诗歌内容		表达情感	
写作手法		我的感悟	

拓展比较

“江山留与后人愁”与“载不动许多愁”

南渡经过金华时，李清照写下了诗歌《题八咏楼》，同期所作的词是《武陵春·风住尘香花已尽》。两首作品都关愁，但内容、情感、气魄、格局迥异。这主要缘于李清照的文学主张——词别是一家，诗词各有分工。诗负责那些家国情怀、宏大主题，词负责那些个人情绪、细腻感性。

豪放诗与婉约词有着如此不同的风格，却统一于李清照一身。这种统一源于李清照大胆无畏的性格，无论是面对爱情婚姻，还是家国历史，她敢爱敢恨，敢说敢写。这种统一源于李清照清明卓然的才情，差别巨大的内容风格均可驾驭，而不以辞害意。这种统一源于李清照面对的历史分野，她既享受了北宋的繁华富饶，前期个人生活幸福美满，也经历了南宋的屈辱不振，后期奔途孤独流离。

第十九讲　李清照诗中的女儿情

——回忆十五年前的花好月圆

引言

十五年前有一个花好月圆人团圆的夜晚，十五年后的一个夜晚也有着相似的花好月圆，只是当时的爱人已不在了，回忆中该是怎样的心情呢？英国诗人拜伦有一首诗歌《When We Two Parted》，最后四句是这样的："If I should meet thee/ After long years,/ How should I greet thee? —/With silence and tears." 翻译成中文，大意是：事隔经年，如若再见，我将何以贺你？以沉默，以眼泪。李清照的这首《偶成》写的正是一首时隔十五年再见相似的花好月圆夜时的情感，与拜伦的诗有异曲同工之妙。

偶　成

十五年前花月底，相从曾赋赏花诗。
今看花月浑相似，安得情怀似昔时。

翻译

十五年前我和你花前月下，相伴赏花，对花赋诗。那是多么美好的甜蜜岁月啊！今天我一个人又站在花前月下，今晚的月亮、花朵和那时候完全一样啊，可是我去哪里寻找和那时一样的情怀心境呢？

写法破译

今昔对比，虚实相生，以乐景衬哀情

曾经拥有的美好岁月一旦失落，即使没有别的灾难，人也回不到拥有它之前的平淡生活了。今昔对比，物是人非，“曾经沧海难为水”，这也是无数诗歌咏叹的主题。那一年的花并没有开得特别灿烂，那一年的月亮也没有格外圆亮，花月易得，人难寻，岁月难追。何夜无月？何处无花？但少良人如君尔！

今昔的一个差别是：当时有人陪诗人欣赏，如今诗人孤身一人。另一个差别是：当时诗人与丈夫不仅赏花，还对花赋诗，将自然的美丽和他们的爱情、诗情都融合成最美的日子，如今诗人无心去写那些风花雪月的诗歌了。更大的差别是：诗人的心境情怀不同，那时候她心中无忧愁，如果有也只能算是拂掠于心的闲愁，而现在她心里只有浓得化不开的哀愁。对丈夫的思念、对美好回忆的追索、孤身一人的流离，再加上金石失落使她痛惜，国家衰弱使她忧愤。

眼前实景与回忆旧事虚实相生，使今昔差别鲜明，美丽的自然景物更加衬托了心境的哀伤，使之具有更加强烈的艺术感染力。

诵读点拨

本诗题为《偶成》，写成这首偶然之作也许正因为遇到了相同的情景：立于花前月下，皎洁明亮的月光照着灿烂盛开的繁花。一轮圆月、满园芬芳，正和十五年前的那一夜相似。那一夜赵明诚和李清照相伴游园，对月赏花，诗兴大发的他们还作了几首赏花诗。月下人儿夜色花，几首小诗逗娇娃。

十五年来，诗人经历了失去丈夫，失去他们的家园，失落了许多他们的金石收藏，国家败北，她一个人艰难地离开故土，流落南方。现在，她可能也只是暂时安顿下来而已。这样的良辰美景于诗人并不常见，偶然遇见带给她的却不是快乐，而是更加伤感。趟过十五年的岁月之河，现在的她两脚泥沙，满面尘灰，而花月依旧。这是多么大的痛苦啊！岁月带走了赵明诚，改变了李清照，而它毫发无损。初月照今人，花有重开日，而偏偏人无再少年、重团圆。

今夜的月亮，今夜的花，诗人大概是无心欣赏了，它们勾起的是一重重的面

影、一幕幕的回忆，眼前的美景只配得上过去的日子和过去的他们。现在它于诗人，只会让她触景生情。她也想不辜负这良宵月夜，繁花芬芳，可是该去哪里寻找那相同的心境呢！今夜无心赏花，有心追思。

前几讲中李清照的几首诗关注的都是历史、国家、社会，着眼于宏大叙事，而这首诗则完全是女儿心事，颇类似于她词中的题材、情感。诗比词更加凝练，一首七言绝句28字，比58字以内的小令还要精练。在诗中作者营造的场景更加典型，时空更加扩大，十五年前故地园子的花前月下和现在的花前月下，看起来相似的场景，背后却有着岁月沧桑和复杂的人物历程。而词一般只描绘一个现实的场景，一件具体的事情，一份详尽的心理过程。比如《如梦令·昨夜雨疏风骤》中，“昨夜雨疏风骤，浓睡不消残酒”，只是一夜的故事；“试问卷帘人，却道‘海棠依旧’”，心事只挂牵着海棠花；“知否，知否，应是绿肥红瘦”，心理变化是从牵挂海棠变为嗔怪侍女。词回环叠嶂，给人更多缠绵不尽的细节和心情。诗与词同写女儿情，诗作内容精炼，选取典型场景，虚实相生，比词具有更大的想象空间和回味余地。

本讲小结

十五年后的花和月勾起了怎样的心情？与回首往事的词中“物是人非事事休，欲语泪先流”的那种直白不同，李清照在诗歌中写得更加含蓄隽永：“今看花月浑相似，安得情怀似昔时。”

玩味清照诗

1. 创意写作

你是否也遇见过相同的场景？请你仿写一首七言绝句。前两句叙事，回忆过去，后两句抒情，感慨今昔。

____

（现代）__________

________________，________________。

________________，________________。

2. 比较阅读

请比较《偶成》和崔护《题都城南庄》，说说二者的异同。

题都城南庄

〔唐〕崔护

去年今日此门中，人面桃花相映红。

人面不知何处去，桃花依旧笑春风。

3. 飞花令

下面列出的字，凡诗词句中有此字即可，不限第几字，把你能说出的诗句或词句写下来。

(1) 风

(2) 花

(3) 雪

(4) 月

第二十讲　李清照的梦

——人生如梦，梦如人生

引言

梦是人生的象征，一半清醒一半沉醉。梦是浪漫的，充满了奇异的想象和朦胧的感知。梦也是文学的，中国文学里有三个很有名的美梦，都是指点人生哲学的妙文：庄子的蝴蝶梦，黄粱梦和南柯梦。庄周梦醒，分不清自己是蝶是人。卢生梦醒，富贵荣华尽散，蒸的黄粱还没有熟。南柯梦醒，富贵温柔化为泡影。李清照的这首《晓梦》详细记叙了入梦、沉醉梦中、出梦的过程。下面让我们一起走进李清照的梦。

晓　梦

晓梦随疏钟，飘然蹑云霞。
因缘安期生，邂逅萼绿华。
秋风正无赖，吹尽玉井花。
共看藕如船，同食枣如瓜。
翩翩坐上客，意妙语亦佳。
嘲辞斗诡辩，活火分新茶。
虽非助帝功，其乐莫可涯。
人生能如此，何必归故家。
起来敛衣坐，掩耳厌喧哗。
心知不可见，念念犹咨嗟。

注释

蹑:踩,踏。

安期生:传说中的秦时仙人。

萼绿华:传说中的得道仙女。

“吹尽”二句:唐韩愈《古意》:“太华峰头玉井莲,开花十丈藕如船。”玉井花,传说中神奇的莲花。

食枣如瓜:《史记·封禅书》:“安期生食巨枣,大如瓜。”

活火:明火,火焰。

莫可涯:无涯,无穷尽。

翻译

伴随着清晨清疏的钟声,我进入梦境,飘飘然仿佛踏上了云霞。于是遇到了秦朝时候的仙翁安期生,又邂逅了传说中的得道仙女萼绿华。正值秋天,秋风恶作剧般地把传说中的神奇莲花——玉井花全部吹落了。而我在秋风中和两位仙人一起观看那像船一样大的莲藕,共同品尝像瓜一样大的仙枣。仙境中的仙人们风度潇洒,坐在一起自由宴乐。他们妙语连珠,言谈奇特机智,用明火烹制新茶互相分享。即使不去帮助天帝建功立业,仙人们这样的欢乐日子也永远没有尽头。如果我的人生能像仙人们这样,又何必要回到故乡呢?梦醒之后,起身整理衣衫,听到外面的喧哗吵嚷心生厌弃,赶紧捂住了耳朵。我心里清楚梦中仙境是不可能再见了,却还是念念不忘,留恋叹息。

写法破译

梦境描写

本诗由入梦始,出梦终,重点记叙了整个梦境。

1. 因缘际会,入梦遇仙:

晓梦随疏钟,飘然蹑云霞。因缘安期生,邂逅萼绿华。

2. 秋风吹拂，与仙共乐：

秋风正无赖，吹尽玉井花。共看藕如船，同食枣如瓜。

3. 宴乐分茶，坐谈甚欢：

翩翩坐上客，意妙语亦佳。嘲辞斗诡辩，活火分新茶。

4. 欢乐无涯，羡慕眷恋：

虽非助帝功，其乐莫可涯。人生能如此，何必归故家。

5. 梦醒时分，无限留恋：

起来敛衣坐，掩耳厌喧哗。心知不可见，念念犹咨嗟。

此诗的创作年代难以考证，一般认为是诗人南渡之后所作。浪漫主义诗歌的突出特点是想象奇特。在这首诗中，诗人写她上升仙界，也许确实有过这种梦境，也许纯然是浪漫主义的构想。

从先秦以来，中国文学就有“记梦”或曰“梦文学”的传统。例如《庄子》三十三篇中，有十篇涉及梦的内容，庄子以“庄周梦蝶”“匠石梦树”等故事，比较全面地阐述了道家的思想。还有屈原的《离骚》、李贺的《梦天》、李白的《梦游天姥吟留别》和杜甫的《梦李白》等诗歌，也都借梦言志。可见，梦在文学中可以作为寓言阐明哲理，可以描绘理想世界，可以抒发志向。

总之，梦与文学有着密切联系，文学作品常用记梦的形式来构筑情节、刻画人物、传达思想，这是一种普遍的世界文学现象。由于梦常常赋予文学作品以丰富的想象力和独特的幻化魅力，所以色彩纷呈的叙梦文学成为一个值得人们深入探讨的学术领域。

诵读点拨

五言古体诗以不换韵为正格，此诗便是一韵到底的。但它在内容安排上，却有点像那种四句一换韵的诗，每四句各成一小段落。诗题即首句起头二字，这是风谣乐府传统中之通例，诗中亦常有。此诗写作者某天早晨睡起前梦幻中的一番游仙经历以及醒来后的感慨。

“晓梦随疏钟，飘然蹑云霞。因缘安期生，邂逅萼绿华。”先叙入梦遇仙。拂晓前作者一度醒来，又随着钟声进入梦境，“疏”字形容钟声缓而轻，这恰好能起催眠作用。于是她感觉自己飘忽身轻，跻入云霞。从飘飘欲仙，到梦见仙人，就十分自然。在仙人中，作者举了人们熟知的安期生和萼绿华。可能同是女性的缘故，作者似乎对遇到萼绿华显得特别高兴。

“秋风正无赖，吹尽玉井花。共看藕如船，同食枣如瓜。”据韩愈描写，玉井莲开花高达十丈，根藕大得像条船。由藕说到枣，按比例扩大，天衣无缝地将李少君说安期生“食巨枣，大如瓜”的话用上了。与仙人们在一起，其兴奋愉悦之情洋溢纸上。

“翩翩坐上客，意妙语亦佳。嘲辞斗诡辩，活火分新茶。”这四句写人物志趣风貌，叙写诸仙座中以嘲谑取乐、分茶为戏情状。意妙、语佳、思捷、手巧，加之风度翩翩，真是无一不好。虽说只是梦中幻境，实际上却完全是作者自己生活理想的反映。所以，叙来也充满热情。

“虽非助帝功，其乐莫可涯。人生能如此，何必归故家。”写自己对神仙生活的羡慕和感慨。这样的意识通常要在梦回清醒之后才会产生的。这里作者正是以感想来代替叙述，略去如何从梦中惊醒过来的描写，使诗意更为紧凑，过渡了无痕迹，又简省了很多笔墨。

“起来敛衣坐，掩耳厌喧哗。心知不可见，念念犹咨嗟。”最后补明醒来以后，尚对梦境无限留恋。醒来后作者陷入了沉思。“喧哗”包含着现实生活中人们为名利得失纷争不已的意思，对照梦中所见，更觉得可“厌”。这是写与梦境感受相反的现实感受。明知是幻梦而犹念念不已，则是写理智和感情的矛盾状态。这样来写内心的强烈感受，是深刻而真实的。

李清照博览群书，充分吸收了中国文化的精髓，这首诗中也反映了她深厚的文化涵养。最后，我们来看一看名家对此诗的评价吧：

> 此诗借美好的梦境来寄托自己的志趣和理想，同时反衬出现实生活之可“厌”。构思命意上，也许受到李白《梦游天姥吟留别》的一些影响。不过，李白诗在卒章显志时，能昂首扬眉，表现得傲骨嶙峋；而李清照这首诗，却只是作者无可奈何的叹息。
>
> ——蔡义江

> 我们细咀嚼玩味，觉得真和李白的《梦游天姥吟留别》与杜甫《送孔巢父谢病归江东兼呈李白》两诗相类似，有异曲同工之妙。因为从诗的内容上说：都是表示作者厌恶现实，想脱离尘俗，去到想象的天国里讨生活，凭空地

虚构出若有其事的神仙境界。从描写的技巧上说：三诗都是脑子里的幻想，写得迷离恍惚，含有一种神秘性，把人引入其中，几乎疑是真事，而不觉是置身于虚无飘渺中。从作者的背景上说：他们三人均生当乱世，社会扰攘的时代，李白的浪迹江湖，杜甫的穷愁潦倒，清照老寡凄凉，对于国家，对于身世，无一不感到辛酸凄惨，因此有这冥想的诗篇。况且他们同是天才的大诗人，写出来的诗有不期然而然的暗合，实非偶然呢！

——王璠《李清照研究丛稿·李清照的诗》

本讲小结

梦是对现实的超越。李清照在梦中与仙共乐，超越了她在现实苦境中的孤苦。梦醒后"心知不可见，念念犹咨嗟"，沉痛之感顿生！

诗文链接

庄周梦蝶：庄子写他曾经在梦中幻化为蝴蝶，感到做一只蝴蝶很快乐，忘记了自己原本是人，醒来后才发觉自己仍然是庄子。究竟是庄子梦中变为蝴蝶，还是蝴蝶梦中变为庄子，实在难以分辨。后遂以"庄周梦蝶""庄周化蝶"等写虚幻、睡梦等迷蒙之态，或表现道家逍遥愉悦、物我交融的境界。

庄子·齐物论(节选)

昔者庄周梦为胡蝶，栩栩然胡蝶也，自喻适志与，不知周也。俄然觉，则蘧蘧然周也。不知周之梦为胡蝶与，胡蝶之梦为周与？周与胡蝶，则必有分矣。此之谓物化。

玩味清照诗

1. 文化传统

中国文学中记梦文学的传统由来已久。你能想到哪些关于梦的文学作品吗？如果能总结一下梦在文学中的意义更好。

2. 比较阅读

这首诗是李清照唯一一首记梦诗。此外她还有一首记梦词《渔家傲·天接云涛连晓雾》。请你比较二者，说说它们的异同。

3. 创意设计

读罢本书，再借助互联网或图书馆资料，从人物述评的角度来看李清照的一生及其诗、词、文、金石收藏事业。然后给李清照设计一张名片。

（名片正面）　　　　（名片反面）

4. 创意写作

本书从易安词《如梦令》开始，到清照诗《晓梦》结束，从词到诗，以李清照人生经历的基本时间线为序解读了她的诗词代表作。读罢本书，请你回顾李清照的诗词和人生，以“梦”为话题写一篇文学评论。

参考答案

第一讲　青春之歌

1. 风骤　残酒　红瘦
2. (1) 描述花、叶、枝、根状貌。
   (2) 枝叶花瓣上都挂着水珠，花瓣凋零，地上片片落红，而叶子被雨水冲刷后显得新鲜嫩绿。
   (3) 爱。由词中晨起首问的关切可见，由对侍女漫不经心之答的不满可见，由李清照一贯爱花惜物的多情可见。
3. 常记溪亭日暮　误入藕花深处　惊起一滩鸥鹭　浓睡不消残酒　海棠依旧　应是绿肥红瘦
4. 父亲　后四学士
5. 写清事件的时间、地点、人物、起因、经过、结果。同时注意日记是私密性文章，只写给自己看，一般来说注重心事的倾吐和心情的表达。
6. 口述即可。说说自己的家庭教育，父母如何教育自己。先描述事实再作反思、评价。可向父母的教育表达肯定，或提出意见建议。

第二讲　少女之羞

1. 从男客人的角度描写他看到了一个怎样的女孩，着重写女孩的外貌、神态、动作；看到了怎样的环境。注意摹写男客人意外地看到了这样的场景，产生了怎样的心理活动。
2. 注意结合本讲内容，运用“点染法”配图（点——人物；染——环境）。

第三讲　春景春情

1.

	《浣溪沙·春景》	《浣溪沙·淡荡春光寒食天》	《绝句》
体裁	词,小令	词,小令	诗,七言绝句
内容	阴沉轻柔的春景,沉默郁闷的心情	平静安然的春景,恬静舒适的心情	温柔的春风春雨,安享愉悦的心情
写作特色	上阕写景,很多形容词;下阕写人,很多动词	白描	将春天的景物拟人化
作者经历与思想情感	阅读本书相关篇目总结概括即可	阅读本书相关篇目总结概括即可	志南是南宋和尚,可从此身份与经历来说

2. 选取春天有代表性的景物来描写,注意写出景物的特色。

第四讲　美人香草

1.

	描写的形象	表达的情感	使用的手法
《鹧鸪天·桂花》	桂花高贵洁雅	自况自勉女中一流	以物喻人,托物言志
本段文字	植物的特性	平静客观地描述桂花的植物特征和有关的文化传统	说明

2. 鹧鸪天　桂花　词牌　小令　双调

3. 梅花　耐风雨,香气浓郁　淡泊自持,高洁,不畏艰难　赞扬梅花品格与寄寓高洁坚强志向

4. 注意桂花与花园里其他花的性格设定、语言对话设计等,注意要表达的主题。

第五讲　憧憬爱情

1. (1) 注意书信的格式:开头称谓、问候;结尾致意、署名、日期,亲密的对象可以用昵称。

(2) 注意对情郎心理与女子性格的摹写。

第六讲　新婚燕尔

1.《添字采桑子》在《采桑子》的基础上添字而来,前后片第四句各添两字,拆为

两句。

2. 高髻。因为按照李清照的家庭背景她是已婚贵妇，理应梳高髻。

高髻或低髻或其他发型均可。因为李清照是一个自由活泼且爱美的女士，她一定不会墨守成规，可能更加以美为标准来设计自己的妆扮。

3. 本题不是考察画艺，而是希望同学们理解和尝试诗画同源的形象思维。

4. 写故事注意写清时间、地点、人物、起因、经过、结果。

第七讲　风波乍起

1. 本题不是考察画艺，而是希望同学们理解和尝试诗画同源的形象思维并体会词中的诗情画意。

2. 美。美在花瓣的娇嫩鲜艳，美在冲破花苞开放的动态，美在蕴藏的香气。

3. (1) 喜爱赞美　认为它无法与桂花相比　不矛盾。因为诗词创作常常是因情敷采，不是客观的评价。《鹧鸪天·桂花》是借梅花的嫉妒和菊花的羞惭来衬托桂花的"花中一流"，其重点不是否定梅花，而是赞颂桂花。

(2) 七言律诗　词　玉楼春　淡泊谦虚，与世无争　从容高雅　赞赏红梅　赞赏红梅

第八讲　相思苦等

1. 本题不是考察画艺，而是希望同学们理解和尝试诗画同源的形象思维并体会词中的诗情画意。注意大雁和月亮的形态描画，以及抬头望天的人与天上的雁与月的整体构图。

2. 独上　兰舟　两处　闲愁　却上　心头

3. 温柔舒缓的曲调，缠绵相思的情意。

4. 注重自己思念亲友或爱慕对象时的心理描写，真实细腻即可。

第九讲　寂寞佳节

1. 词牌　52　小令　两　双调　词牌　66　中调　两　双调

2. 有。本词词牌是"醉花阴"，"醉"字与本词"东篱把酒黄昏后"词人饮酒的内容契合，"花阴"与把酒黄昏后"有暗香盈袖"的内容契合，说明词人在花丛中一

边饮酒一边赏花，不知不觉待了很久。醉花阴，可以理解为在花丛中喝醉了，也可以理解为陶醉在花丛之中，花不醉人人自醉。词牌与词作内容主题暗合。

3. 昼、兽、透、后、袖、瘦　ou

4. 如《玉楼春·红梅》中"要来小酌便来休"，"休"含有"呵"的意思，是口语助词。

5. 回信内容提示：①先问候关心；②再对来信内容一一回应或挑重点回应；③最后表达自己的情感、祝愿，说明归期等。

6. (1)《醉花阴》写闺阁场景，庭院风光；《过故人庄》写田园风光，农家场景。

　《醉花阴》写独处空房的消遣活动；《过故人庄》写家庭聚会，朋友宴乐叙怀。

　《醉花阴》写寂寞、思念、凄凉；《过故人庄》写欢乐团聚、美好友情、生活的闲适满足。

　(2) 开放题，有观点、有论据、表达充分即可。

第十讲　离情别恨

1. 48　小令　两　双调

2. 相同之处在于都是热烈赞颂桂花之作；都用了别的花来衬托桂花。不同之处在于《鹧鸪天·桂花》侧重描绘桂花的特性，如桂花颜色柔和、香气馥郁、性格温柔，从这些方面来盛赞桂花是花中一流，《摊破浣溪沙》侧重从桂花的内在品质来盛赞其品性不凡；《鹧鸪天·桂花》是用梅花和菊花来衬托桂花的与世无争淡泊宁静，《摊破浣溪沙》则用梅花和丁香的外形粗俗来衬托桂花的气质高洁；词人表达的感情也略有不同，除了盛赞桂花，《摊破浣溪沙》更有一层乡愁在里面。

第十一讲　独遣时光

1. B

2. BD

3. C

4. 文化积累结合准确，梅花精神阐述合理，语言表达顺畅即可。

第十二讲　相聚失望

1. 引用　化用　引用是使用典故原意，直抒情感；化用是将典故中的人物与事情的特点变化迁移至本词的作者之情中，表达更加含蓄幽深，耐人寻味

(1) 阳关：歌曲名，即《阳关三叠》送别曲。是根据唐代诗人王维的七言绝句《送元二使安西》谱写的一首著名的艺术歌曲。

(2) 武陵人：一是指陶渊明《桃花源记》中的渔夫故事；一是指刘义庆《幽明录》中的刘、阮故事。

(3) 秦楼：相传秦穆公的女儿弄玉善于吹笙，有一天她正奏出美妙的笙乐时，一位叫萧史的神仙吹着箫与她会合，他们的笙箫之乐在空中盘桓缠绕。后来他们结为夫妻，秦穆公专门为他们修筑高台，弄玉改学吹箫，二人合奏出神入化，引来凤凰，于是他们乘着凤凰登仙，从此凤台人去楼空。

2. 本题给出一具体题目，旨在培养学生初试文学评论写作：①让学生尝试从李清照词作中搜索"倚楼怀人的思妇形象"，将具有此人物形象的词作放在一起研读。②发现易安词的"新境界"，通过比较闺怨词中的一般思妇形象与易安词中的思妇形象的异同，来发现易安词思妇女主角的思想情感新境界。③如能完成一篇800字左右的诗歌评论，将是同学们在诗歌鉴赏上的一大进步，表明同学们正在从一般读者到评论者的进升。

第十三讲　人生问题

1. (1) 九万里风鹏正举：《庄子·逍遥游》中说大鹏乘风飞上九万里高空。三山：《史记·封禅书》记载渤海中有蓬莱、方丈、瀛洲三座仙山，相传为仙人所居住，可以望见，但乘船前往，临近时就被风吹开。

(2) 与天帝对话、三座仙山等。

2. (1) 岱宗夫如何

(2) 泰山的占地面积(规模)，山体的高大神奇，秀丽的风光，阴阳两面的明暗对比，山间云雾缭绕，飞鸟来回，以及带给人雄伟豪迈之感。

3. 如果你画艺不佳也没关系，重在体悟哦，将文字的词转化为更加形象的画面，也是一种思维学习哦！

第十四讲　晚来风急

1. (1) 有目标而无方位的迷茫感

(2) 找了一处而没找到的失落，接着找另一处的忙乱感

(3) 最终没有找到的失望、疲惫感

2. ①话题中“易安”，以字相称，表明是平等关系。②结合李清照晚年遭遇，对她表示理解，或为她出出主意。③告诉她如今世界的面貌，给她力量、希望和支持。

第十五讲　凝眸回首

〔翻译〕

风停了，枝头的花朵落尽了，只有沾花的尘土还散发出微微的香气。日头已高，我却蜗居内室无心梳洗打扮。春去夏来，花开花谢，物是人非，令我愁肠百结，还没有开口我就泪如雨下。

听人说双溪的春色还不错，我打算去那里划划船，姑且散散心吧。唉，我真担心啊，双溪那叶单薄的小船，怕是载不动我内心沉重的忧愁啊！

〔诵读点拨〕

愁　愁　愁　对美好婚姻、金石收藏、幸福生活等过去生活中一切美好事物的失去感到难过；对年华迟暮、孤身漂泊、寂寞孤苦的晚景感到凄凉伤感；对家国沦丧感到耻辱无奈。

熟悉的景物——春天来了，花落尘香 物是人非 熟悉的活动——溪上泛舟 去泛舟 泛舟也缓解消散不了“我”的哀愁

可根据上题来画出李清照的心理路线图。

第十六讲　李清照的《离骚》

1. (1) 赞颂了平定安史之乱的功臣们，是他们使唐朝实现了中兴，赞扬他们为护国安民而鏖战沙场的崇高精神。　都肯定了平定安史之乱的功臣。都表达了短暂的中兴淹没在岁月沧桑之中的感慨，抒发了历史兴废的感慨。

张诗赞扬功臣，未探讨安史之乱的成因。李诗深刻分析了唐朝安史之乱

的原因，托古讽今。

(2) 扫、草、老、来、才、埃、纪、死、字、来、崖、开、在、卖　宝、草、老、来、才、埃、史、死、字、哀、崖、开、在、卖

(3) B

2. 注意李清照的婉约与豪放，小女人与“大丈夫”双面性格。

第十七讲　李清照的英雄观

1.《满江红》表达了对外敌的仇恨与想要一雪前耻的迫切心理。《题临安邸》表达了对宋室妥协投降的不满，对统治者偏安江南耽于享乐的无奈与讽刺。

2. 查找资料，整理资料，形成自己的评价。

3. 可以在第2题基础上回答。

4. 李清照赞同项羽的选择，体现出李清照的仰慕英雄本色的价值观。杜牧从胜败乃兵家常事的角度来看，否定项羽无法承受垓下之败而选择自刎的行为，提出了能屈能伸才是真男儿，认为暂时的失败不是定局，不屈的心性才能使人生充满转机。

第十八讲　李清照的家国之愁

1.

题目	《题八咏楼》	作者	李清照
创作时间	约1135年	创作地点	浙江金华
诗歌内容	咏名楼	表达情感	歌咏八咏楼美名，抒发失去国土的感慨与遗留后人历史难题的愧怍。
写作手法	用典	我的感悟	1. 建筑与文化 2. 历史与未来 3. 人在历史、现在与未来中的作用 4. 咏物、咏史的区别 5. 李清照的南渡之程 ……以上话题供参考

第十九讲　李清照诗中的女儿情

1. 原创即可。

2. ①都通过今昔对比，突出了物是人非，都以自然风景的美丽反衬心情的失落、

哀伤。②都关于爱情，爱情的结局都很凄美，都在作者的意料之外。③李清照词中的伤感更重，崔护的感情大概属于遗憾。

3. (1) ①风住尘香花已尽，日晚倦梳头。②昨夜雨疏风骤，浓睡不消残酒。③夜来风雨声，花落知多少。

(2) ①风住尘香花已尽，日晚倦梳头。②花自飘零水自流。一种相思，两处闲愁。③感时花溅泪，恨别鸟惊心。

(3) ①孤舟蓑笠翁，独钓寒江雪。②大漠沙如雪，燕山月似钩。③北风卷地白草折，胡天八月即飞雪。

(4) ①雁字回时，月满西楼。②明月松间照，清泉石上流。③我寄愁心与明月，随风直到夜郎西。

第二十讲　李清照的梦

1. ①庄子的蝴蝶梦：庄周梦到自己变成了一只蝴蝶，醒来后分不清自己是蝶是人。表现道家逍遥愉悦、物我交融的境界。②黄粱梦：卢生在梦中享尽荣华富贵，梦醒时富贵荣华尽散，睡前蒸的黄粱还没有熟。表现人世如梦一般虚幻短暂。③南柯梦：淳于棼梦入蝼蚁之槐安国为南柯郡太守，做了驸马和高官，经历了人生的大起大落，梦醒后富贵温柔化为泡影。表现人世如梦一般虚幻短暂。

2. 略

3.

名，字，号 头衔、成就等 地址、联系方式等 亦可为其名片美化设计	可以选一些李清照的代表作罗列，亦可选一首代表作优美地排版或抄写于此面。

4. 略